Sarah Schulman

Die Sophie Horowitz Story

Aus dem Amerikanischen von Isolde Tegtmeier

Ariadne Krimi 1077
Argument

Ariadne Krimis werden herausgegeben von Frigga Haug

Titel der amerikanischen Originalausgabe: The Sophie Horowitz Story

Redaktion: Else Laudan
Lektorat: Iris Konopik

Von Sarah Schulman bei Ariadne bereits erschienen:

Ohne Delores *(Ariadne Krimi 1025)*
Futuranskys Stadt (roman edition ariadne)
Leben am Rand (roman edition ariadne)
Einfühlung *(roman edition ariadne)*

Die Deutsche Bibliothek – CIP-Einheitsaufnahme
Schulman, Sarah: Sophie Horowitz / Sarah Schulman
Aus dem Amerik. von Isolde Tegtmeier
1. Aufl. – Hamburg ; Berlin : Argument, 1996
(Ariadne Krimi ; 1077)
ISBN 3-88619-577-5
NE: GT

Deutsche Erstausgabe

Rentzelstraße 1, 20146 Hamburg
Telefon: 040 / 45 36 80 – Fax: 040 / 44 51 89
Titelgraphik: Johannes Nawrath; Signet: Martin Grundmann
Texterfassung durch die Übersetzerin
Fotosatz: Steinhardt, Berlin; Druck: Clausen & Bosse, Leck
Gedruckt auf säure- und chlorfreiem Papier

Für Ethel Stevens

Ich möchte allen danken, die mir bei der Fertigstellung dieses Buches ihre Zeit geschenkt und mich angespornt haben: Peg Byron, Robin Epstein, Charlie Schulman, Lydia Pilcher, Susan Seizer, Susan LaVallee, Marie Dagata, Steve Berman, Jaime Horwitz, Beryl Satter, Julia Scher, Shirley Arriker, Maxine Wolfe, Sam, Frederique Delacoste, Danielle Frank, Joan Jubela, Bettina Berch, Deb Sherman, Suzanne Seay, Harriet Hirschorn, Stephanie Skura, Stephanie Doba und Stephanie Roth.
Besonders dankbar bin ich für die Bemühungen und die Unterstützung von Rebecca Sperling, ohne die dieses Buch nie veröffentlicht worden wäre, und von Barbara Barracks, ohne die Sophie Horowitz nie zum Leben erwacht wäre.

Johann [illegible]
[illegible] Kopp,
[illegible] Schiffbau [illegible]
[illegible]
[illegible]
[illegible]
[illegible]
[illegible]

[illegible]
[illegible] zum Lebensabend [illegible]

EINS

Ich wollte Lillian etwas Leckeres zu essen machen, denn ich wußte, daß ich von ihr auch gleich etwas Leckeres bekommen würde. Ich warf einen kurzen Blick auf die Fleisch- und Geflügeltheke im Key-Food-Supermarkt, aber nichts davon war mir gut genug für diese süße Frau. Vielleicht in Brandy gedünstete frische Birnen mit Orangen-Schoko-Soße. »Mmmm«, seufzte ich laut. »Du auch, Baby.« Der Junge, der drüben bei den Campbell-Suppen die Regale auffüllte, zwinkerte mir zu. Lillian kommt nun schon seit zehn Monaten jedes zweite Wochenende mit dem Freitagabend-Expreß von Boston runter, um ihre Beine um mich herumzuwickeln.

»Beim GONGSCHLAG war es vier Uhr. Sie geben uns eine Minute, und wir geben Ihnen die neuesten Nachrichten.«

Ich warf einen Blick auf das »Bitte nicht rauchen«-Schild und zündete mir eine Parliament an.

»Taxi-Streik um Mitternacht. Die Yanks fallen auf den dritten Platz zurück. Germaine Covington bei Banküberfall verhaftet. Der Bürgermeister gibt Pläne für eine Einkaufspassage am Times Square bekannt; ›Genau wie in Albany‹, verspricht er. Das alles und noch mehr nach einer Werbeinformation von Mighty-Fine-Schokoladenpudding.«

Meine Augen wurden glasig. Meine Wangen liefen rot an. Meine Haut wurde kalt. Meine Handflächen begannen zu schwitzen. *Germaine Covington*. Es mußte zwölf Jahre her sein.

Vor zwölf Jahren saßen meine Großmutter und ich am Küchentisch, knipsten die Enden von grünen Bohnen ab und sangen jiddische Lieder. Plötzlich zerriß der Himmel mit einem gigantischen Knall von ohrenbetäubender Kraft. Ich dachte, es wäre der Krieg, der uns jetzt zu Hause einholte, aber nach dieser ersten Explosion kam nichts mehr nach. Für einen Moment breitete sich tiefe Stille in der Nachbarschaft aus, aber sie wurde schnell von Schreien und Sirenen und Geräuschen von der Straße gebrochen; Kinder rannten zu den Trümmern eines vor kurzem eröffneten Army-Rekrutierungsbüros zwei Blocks entfernt. Wir hörten die Meldung abends in den Nachrichten. Die Bombe war zu früh losgegangen. Alle Mitglieder der konspirativen Gruppe waren getötet worden. Alle bis auf eine. Sie zeigten ihr Bild im Fernsehen. Germaine Covington blickte auf Amerika, und ihr Gesicht ist mir all diese Jahre hindurch in Erinnerung geblieben.

All diese Jahre hindurch war sie fester Bestandteil meiner Kindheit und Jugend. Ihr Gesicht, mit dem die Wände der Postämter gepflastert waren, bildete den Hintergrund meiner Teenager-Krise. Sechs Jahre unter den zehn meistgesuchten Personen auf der Fahndungsliste. Vier Jahre als Staatsfeindin Nummer Eins. Am Abendbrottisch dankte meine Mutter stets ihren Sternen, daß ich nicht zehn Jahre früher geboren war. »Du wärst ganz genauso geendet wie dieses Mädchen, hättest die besten Dinge im Leben weggeworfen.« Sie sagte nie, was das für Dinge waren.

Die Zeitung brachte einen Artikel. Sie stammte aus einer reichen Familie. »Der allerreichsten«, behauptete meine Großmutter. Ihr Vater war stellvertretender Aufsichtsratsvorsitzender von American Express. Sie war auf ein gutes, kleines liberales College gegangen, wie andere junge Frauen ihrer Zeit und ihres Kalibers auch. Eines Tages stellte sie sich in eine Streikpostenkette. Am nächsten Tag nahm sie an einer Demonstration teil. Bald darauf warf sie Bomben und tötete Menschen. So stand es zumindest in der Zeitung. Die Jahre vergingen, und die Welt veränderte sich. Die meisten Leute vergaßen Germaine Covington. Aber ich nicht.

Später an diesem Abend aalten Lillian und ich uns in der Badewanne, aßen gefüllte Pfannkuchen mit saurer Sahne und nuckelten dunkles Löwenbräu. Ich sah zu, wie ihr das Bier am Kinn runtertröpfelte.

Sie ist eine starke Frau mit einem straffen Körper. Ihre Haut und ihr Haar sind hennafarben, abgesehen von einem hellorangefarbenen Fleck über ihrem linken Ohr. Ich weiß nie, wie sie mir vom optischen Eindruck her gefällt. Sie hat ein ganz bestimmtes Aussehen, das einen ganz bestimmten Geschmack anspricht, wie französische Zigaretten oder Budweiser. Sie ist zehn Jahre älter als ich und streitet gern.

»Ich erinnere mich an Germaine von Ann Arbor her, siebenundsechzig, achtundsechzig«, entsann sie sich. »Sie war die Anführerin unserer Zelle – Stadtzentrum Sechs. Wir liefen in die Cafeteria der Dwight-D.-Eisenhower-Grundschule, steckten den Kindern unsere Finger ins Essen und skandierten: ›Der Kampf geht los.‹ Das Motto damals lautete, die Grundschulkinder seien die Revolutionäre der Zukunft. Wenn sie erst mal in der Oberstufe der High School waren, wurden sie genau wie ihre Eltern, also mußten wir sie früh erwischen. Wir besetzten die Cafeteria, alles Frauen mit Football-Helmen. Auf meinem stand ›Philadelphia Eagles‹.«

Ein Klümpchen saure Sahne fiel ins Badewasser. »Spätnachmittags, als wir im Knast saßen, sagte Germaine, daß wir bereit sein müßten, das Risiko einzugehen, von der Polizei getötet zu werden. Sie sagte, wir müßten alles für *den Kampf* geben. Wir müßten *die Monogamie zerschmettern*, wir müßten *mit unseren Eltern brechen*, wir müßten unser *Privileg der weißen Haut aufgeben*, und wir müßten *die Bullenschweine* bekämpfen. Ich hatte Angst. Ich war jung. Ich nahm einen Stift raus und fing an, auf so 'ne Klopapierrolle zu kritzeln, daß mir das alles zu heiß wurde. Ich gab meine Ängste und Zweifel zu. Ich war mir nicht sicher, ob ich für den Rest meines Lebens *kämpfen* wollte. Zuerst war es wirklich aufregend. Wir haben so viele verschiedene Sachen ausprobiert. Ich hatte ein Gefühl von Macht, als würden wir die Welt auf den Kopf stellen. Aber die Situation verschärfte sich, wurde angespannter. Ich hatte überhaupt keinen Spaß mehr an diesem bierernsten Kram. Ich kam zu dem Schluß, daß ich einfach nicht derselben Meinung war wie eine kleine Gruppe von Leuten aus New York, die mir die ganze Zeit erzählten, was ich zu tun hatte, die mir erzählten, wie ich zu leben hatte.«

Ich starrte sie an.

»Soph – du weißt, was ich meine. Ich hatte das Gefühl, daß sie mich in der Hand hatten. Ich traf keine eigenen Entscheidungen. Drei Wochen später wurde ich vor den Revolutionsrat beordert. Germaine stand vorn im Raum, in einem Leder-Minikleid und Lederstiefeln bis über die Knie. Es ging das Gerücht, daß sie die bei Bergdorf's geklaut hatte. Sie zog meine Klopapierrolle hervor und schleuderte sie quer durch den Raum, dahin, wo ich ganz benommen saß. ›Das hier ist für den New Yorker.‹«

Lillian nahm einen nachdenklichen Zug von ihrer Marlboro Light.

ZWEI

Am Samstagmorgen summte das Büro der *Feminist News* vor Aktivität. Wenn du sechzig Stunden für neunzig Dollar arbeitest, fragst du dich oft, warum. An Tagen wie diesem kam mir jedoch alles glorreich und spannend vor. Was passiert war, war wirklich ein Hammer, und die Frauen blickten auf uns und erwarteten eine Erklärung. Aus dem ganzen Land und sogar aus Paris gingen Anrufe ein. Die Leute wollten Informationen über Germaine Covington. Wir hatten nichts über sie in unseren Akten. Die meisten von uns waren zu jung, um sie je gesehen zu haben. Wir wußten nicht mal, ob sie Feministin war.

»Ich finde, das ist ein klarer Fall von männlicher ejakulationsbedingter Gewalt«, sagte Chris. »Schaut euch bloß mal die Tageszeitungen an.«

Die *New York Times* brachte Germaines Fahndungsfoto auf der Titelseite. In dem Artikel stand, daß der Raubüberfall sehr schludrig durchgeführt worden sei. Sie hatten nicht viel Geld erbeutet, nur ein paar Zehn-Dollar-Scheine und eine Handvoll Papiere und Mikrofiches. Dann ging dem Fluchtwagen das Benzin aus. Das Ganze roch mir doch sehr nach einem Bluff. Alles war sichergestellt worden, einschließlich Germaine, aber eine der anderen Frauen wurde auf der Flucht ins Einkaufszentrum gesehen. Die Polizei hatte überall um White Plains herum Straßensperren errichtet, aber bis jetzt war sie ihnen entkommen. Was hatte Germaine in so einem Durcheinander zu suchen?

»Ich finde, Sophie sollte diese Wahnsinnsstory übernehmen.«

»Warum ich?« Mein Instinkt sagte *nein*.

»Mach dir nichts vor, Sophie, du weißt mehr über sie als irgendeine von uns. Wie oft hab' ich schon gehört, daß du dich laut gefragt hast, wie dein Leben verlaufen wäre, wenn du Germaine Covington wärst? Du hast schon immer revolutionäre Phantasien gehabt, deshalb weiß ich, daß du dich da mit Leib und Seele hineinstürzen und einen wirklich guten Artikel schreiben wirst.«

Es stimmte, daß ich mir gelegentlich gestatte, von etwas Romantischerem zu träumen als von einem monatlich erscheinenden Frauenblatt mit Mini-Budget, aber ich war immer noch nervös. »Ich hab' schon so viel zu tun. Ich sitze an einem zwölfteiligen Artikel über Frauen und Botanik, und am Dienstag hab' ich ein Interview mit einer Gruppe von Go-Go-Tänzerinnen aus New Jersey, die die Kontrolle über die Sex-Branche an sich reißen wollen. Ich hab' einfach keine Zeit für ein neues Projekt.« Mein Telefon klingelte.

»Soph.« Es war Lillian. »Die Polizei hat gerade die Frau identifiziert, die vom Tatort entkommen ist. Ich hab's im Radio gehört. Ihr Name ist Laura Wolfe.«

Mir sank das Herz. Ich kannte Laura Wolfe. Wir alle kannten Laura Wolfe. Wir alle kennen sie seit Jahren als die größte Nervensäge, die die Welt je gesehen hat. Sie gehörte zu einer Gruppe, die als »Frauen gegen Schlechtigkeit« bekannt war. Sie betrieben eine Art von Politik, die keine von uns verstand. Egal, was wir machten, es gefiel ihnen nicht, und gewöhnlich demonstrierten sie mit ellenlangen Flugblättern gegen feministische Veranstaltungen. Ich hätte mir niemals träumen lassen, daß sie mal in einer so harten Sache wie einem Banküberfall mit drinhängen würde. Ich hatte sie wohl nie besonders ernst genommen.

Auf dem Heimweg holte ich mir eine Portion fritierte Sauerkraut-Pirogen zum Mitnehmen und je eine Nachmittagsausgabe aller Zeitungen. Überall wimmelte es von Bildern von Laura und Germaine. Die Schlagzeile der *New York Post* lautete ANTI-AMERIKANISCHE, BLUTRÜNSTIGE LESBISCHE KOMMUNISTEN-SAU, darunter ein Foto von Lauras Highschool-Abschlußfeier. Ich räumte einen Platz auf meinem Schreibtisch frei und heftete ihr Foto an die Wand.

DREI

Lillian machte sich am Montagmorgen um drei auf den Weg, um den Nachtzug zurück nach Boston zu erwischen. Ich blieb auf und arbeitete bis mittags an Laura Wolfe. Die Mädels im Büro denken, daß ich in fünfzehn Minuten jede beliebige Story schreiben kann, aber diese würde ein harter Brocken werden. Außerdem wurde Lillians Geruch an meinen Fingern allmählich zu einer ernst zu nehmenden Ablenkung. Gegen Mittag packte mich der Heißhunger, und ich beschloß, mir im »Junior's« auf der Flatbush Avenue ein Stück Käsekuchen zu holen. Ich kaufte alle Zeitungen und sprang in einen Zug der D-Linie. Die Titelstory der *Village Voice* stach mir ins Auge. ICH HABE MIT GERMAINE COVINGTON GEBUMST, von Seymour Epstein. Er erwähnte nicht, ob sie gekommen war oder nicht.

Das »Junior's« ist weit weg, aber der Weg lohnt sich. Dieser leichte zitronige Käsekuchen und diese lachsfarbenen Wände sind unschlagbar. Die Kellnerin war angezogen wie die letzte Lesbe auf der Welt. Wenn es auf der Welt nur noch eine Lesbe gäbe, würdest du wissen, daß sie es ist. Sie ist so eine, die dir jedesmal den Hintern tätschelt, wenn sie auf dem Weg zum Tresen an dir vorbeigeht. Sie war gerade dabei, mich abzuchecken, als ihr Blick auf Lauras Bild in der *Daily News* fiel.

»Dieses Miststück.«

»Sie kennen sie?«

»Ich kenne sie, und ich wünschte, ich hätte sie nie gekannt.«

»Wann haben Sie Feierabend?« Ich witterte eine heiße Story.

Sie warf einen Blick auf den »ICH STEH' AUF FRAUEN«-Anstecker an meinem Revers. »Um drei.«

»Ich nehm' noch ein Stück Käsekuchen. Kirsch.«

Wir gingen langsam die De Kalb Avenue entlang. Sie hieß Fran Marino. Sie stammte aus Canarsie. Vor ein paar Jahren hatte sie in einem schmierigen Restaurant auf der Wall Street zu arbeiten angefangen. »Du knallst ihnen das Essen einfach hin, und sie lassen einen Dollar für dich liegen. Diese Typen von der Sorte ›Bringen Sie mir 'nen Courvoisier mit Cola‹. Die reinsten Tiere.« Sie zündete sich einen Joint an.

»Ich seh' da also diese andere Frau, die auch dort arbeitet, und ich hab' gleich gemerkt, daß sie 'ne Lesbe war, aber sie war auch wieder ganz anders. Irgendwie elegant oder niveauvoll oder so was. Nicht so wie die anderen Kellnerinnen. Die reden immer bloß darüber, wie sie Speed schlucken und ihrem Typ einen lutschen. Ich fing also an, ihr mal 'nen Gefallen zu tun, so Kleinigkeiten, zum Beispiel ihre Wassergläser nachzufüllen, ihre Ketchup-Spender auszudrücken. Sie brauchte immer länger als die anderen, eine schreckliche Kellnerin. Ich hab' ihr echt den Rücken freigehalten, hab' sogar ihre Aschenbecher saubergemacht. Wir fingen an, es ab und zu miteinander zu treiben.«

Der Joint war aufgeraucht. Sie fuhr sich nervös mit den Fingern durch ihren *Butch*-Haarschnitt. »Eines Abends kamen wir aus dem Kino, so ein kubanischer Schmachtfetzen. Sie hatte ihn ausgesucht. Ich verstand kein Wort. Wir gehen da also so entlang, und sie dreht sich zu mir um und sagt: ›Ich bin mit dir ins Kino gegangen, jetzt mußt du mit mir zu einer Schulung gehen.‹ Das war der Anfang vom Ende.«

Wir stiegen in ihren roten VW-Golf. Sie überschrie das Radio, während wir über die Brooklyn Bridge sausten. »Von da an mußte ich jedesmal, wenn wir etwas Normales taten, zu einer Schulung gehen. Ehe ich mich's versah, befahlen sie mir, mich an Straßenecken zu stellen und ihre Zeitung, *The Young Sectarian*, zu verkaufen. Dann war es nicht mehr genug, daß ich zu ihren Versammlungen ging. Ich mußte meine Freundinnen zu ihren Versammlungen mitbringen. Dann erzählten sie mir, ich würde nicht zu genügend Versammlungen gehen. Dann erzählten sie mir jedesmal, wenn sie mich sahen, was ich gerade falsch machte. Ich sollte nicht Baseball spielen. Ich sollte nicht in Bars gehen, außer um Leute zu *organisieren*. Ich sollte mich nicht mit meinen Freundinnen treffen. Dabei hatte ich gar nicht viel davon. Laura ließ mich die ganze Zeit nach ihrer Pfeife tanzen und warf mir ab und zu ein Krümchen Liebe hin.«

Wir bogen von der Brücke ab und fuhren durch die Lower East Side. Ich spielte mit dem Gedanken, einen Zwischenstopp an der »Garden Cafeteria« einzulegen, um einen kleinen Borschtsch zu essen, mit allem Drum und Dran. Die machten das ganz toll, mit gehackter Gurke, Radieschen und frischem Dill, einem hartgekochten Ei und einer gekochten Kartoffel. Ehe ich es mir recht überlegt hatte, hielten wir vor dem »Dutchess«.

»Eines Tages also«, fuhr Fran fort, »hielten sie wieder mal eine von ihren Pipifax-Demonstrationen ab, wo außer ihnen kein Mensch hingeht. Endlich hab' ich mal mit der Faust auf den Tisch gehauen und gesagt, daß ich nicht hingehen würde.«

Sie bestellte sich an der Bar einen Seven-and Seven-Cocktail. Die Barfrau rümpfte bei meinem Anblick verächtlich die Nase. Sie hieß Barbie. Mehr als einmal hatte sie schon gedroht, mir die Zähne einzuschlagen, wenn ich in der Kneipe Flugblätter verteilen würde. Lesben-Befreiungsbewegung und Mafia lassen sich genauso schlecht mischen wie Scotch und Pflaumensaft. Du versuchst es gar nicht erst, wenn du nicht mußt.

»Also weißt du, was sie die Frechheit hatte, mir zu sagen, dieses Miststück? Sie dreht sich zu mir um und sagt: ›Schwester, ich mag dich, aber wenn du nicht marschierst, dann war's das mit uns. Schwester, du bist nicht prinzipientreu.‹ Wenn das verdammte FBI jemals an meine Tür käme, würde ich ihnen alles erzählen. Ich hoffe, sie endet auf dem elektrischen Stuhl.«

Das war für mich das Stichwort zum Aufbruch. Du weißt nie, wer bei deinen Gesprächen mithört. Ich verstand, warum Fran stocksauer war, aber ich hoffte, sie würde ihre Meinung ändern, was das FBI betraf. Es war einfach nicht richtig.

»Schau mal, Fran, hier ist mein Name und meine Adresse. Wenn das FBI an deine Tür kommt, ruf mich an. Erzähl ihnen nichts, bevor du mich nicht angerufen hast. Sie sind nicht nett. Sie taugen nichts, weißt du, sie sind wie Bullen.«

»Was stimmt denn nicht mit Bullen, mein Bruder ist ein Bulle.«

Sogar meine Großmutter weiß, was mit Bullen nicht stimmt. Ich weiß, daß sie bloß kleine Typen aus der Arbeiterschicht sind, die gern jemanden zum Rumschubsen haben, aber sie sind nicht meine Freunde. Mit dieser Fran Marino konnte es Ärger geben.

Ich ging die Achte Straße entlang, zurück nach Hause ins East Village. Diese Straße und ich haben soviel zusammen durchgemacht. Früher, als ich klein war, war sie mal ein ruhiger Ort. Sonntags ging meine Familie chinesisch essen. Jetzt plärrt Musik aus den Läden mit billigen Klamotten, die von sephardischen Israelis geführt werden. Fettschwaden steigen auf, von Fast-Food-Pizza, Hot Dogs, Orangen-Milchmix und Croissants.

Laura Wolfe benutzt also Sex als Köder, um Leute für ihre Gruppe zu rekrutieren. Komisch, ich hätte gedacht, es würde ihr mehr bedeuten. Vielleicht hat sie echte Geliebte und nebenher noch Rekrutinnen, die sie hungrig sabbernd an Straßenecken stehen läßt, wo sie Zeitungen verkaufen, in der Hoffnung, daß sie ein bißchen Zuneigung abbekommen, wenn sie gut genug sind. Auch wenn sie keine gute Kellnerin ist, hat sie doch einen starken Willen. Ich würde gern mehr wissen über diese Laura Wolfe.

VIER

»Wo zur Hölle bin ich?«

Die Straßen waren menschenleer und voll von Pappkartons und Polyesterfetzen. Tagsüber herrschte in der Nachbarschaft ein reges Treiben von Chinesinnen und Latinas, die für neunzig Dollar die Woche in ausbeuterischen Nähereibetrieben arbeiteten. Das gleiche Gehalt wie bei der *Feminist News*, aber eine völlig andere Kiste. Um fünf Uhr hetzen sie zur U-Bahn Richtung Elmhurst Queens, mit Einkaufstüten voller Näharbeiten für zu Hause, nach Stück bezahlt. Genau wie Oma damals. Nachts ist die Gegend verlassen, abgesehen von ein paar Männern, die nicht mehr rechtzeitig ins Obdachlosenwohnheim gekommen sind, bevor es geschlossen hat, und die um einen brennenden Mülleimer kauern. Zwei Punks kamen auf mich zu, in Lederjacken und mit Irokesenkämmen.

Scheiße, dachte ich.

Ich wollte gerade in meine Karate-Position springen, als mir klar wurde, daß es Frauen waren. Hier mußte es sein. Das »Dinette Sette«, eine neue Szenekneipe mit ambisexuellem Rock and Roll. Melonie trat dort mit ihrer neuen Band auf.

Melonie Chaing war eine alte Bekannte. Es war nie mehr daraus geworden. Als wir uns kennenlernten, war sie Psychologin an der Payne-Whitney-Klinik, mit einem Psychiater vom Bellevue verheiratet und wohnte an der Upper Westside. An ein und demselben Tag stieg sie aus ihrer Ehe und ihrer Karriere aus. Zuerst ging sie nach Hongkong und verbrachte ihre Nächte damit, durch die Straßen zu streifen, mit Prostituierten zu reden und sie zu photographieren. Sie veröffentlichte einen Photo-Essay bei einem New-Age-Blatt. Sie nannten den Artikel *Nationalistische Möse: Cash, Scheck oder Kreditkarte.* Dann kam sie nach New York zurück und fing an, elektrische Gitarre zu spielen. Als sich die Punk-Szene auftat, sprang

Melonie mitten hinein, färbte sich ihr langes Haar grün und »entwickelte eine elektrisierende asiatische Ästhetik«. Sie zog wieder nach Chinatown zurück und baute das Gebäude eines alten Ausbeuterbetriebes zu einer luxuriösen Penthouse-Wohnung aus. Sie lag etwa zwei Blocks von da entfernt, wo sie aufgewachsen war. »Ich hatte meine Geschlechtsteile dreißig Jahre lang vergessen«, erklärte sie ihrer verblüfften Familie. Und jetzt wollte sie einfach nur Spaß haben und die Tradition der »großen, mächtigen Drachen-Lady« fortsetzen. Sie tingelt mit ihrer Band, den »Dogmatics«, herum. Auf meinem Anrufbeantworter war die Nachricht gewesen, sie habe Informationen.

Ich sah mich nach einer Ecke um, in die ich mich quetschen konnte, aber der ganze Laden war nur so groß wie eine Ecke. Ein Bier kostete zwei Dollar. Ich lächelte die Bedienung an und lehnte mich an die hintere Wand. Die Vorgruppe, »Charlie und die Lesben«, bestand aus einem sechzehnjährigen Jungen in einem Smoking mit Paisleymuster und seiner Background-Band, drei kerligen Lesben in Overalls. Sie spielten *Youngblood* als Reggae-Verschnitt. Nach dieser Band kamen fünf oder sechs weitere, alle verschmolzen zu einem Brei aus endlosen pinkfarbenen und grünen Lichteffekten, außer dieser Frauenband namens »Beverly Hell and the Five Towns«. Die Drummerin hätte eine Fummeltunte sein können, aber mir gefiel besonders Beverly, mit schwarzem Lippenstift auf den Zähnen. Es war mal was anderes. Sie spielten eine Samba-Version von *Bei mir bist du schön*. Die Dogmatics kamen so gegen vier an die Reihe und spielten ein Fünfzehn-Minuten-Set. Sie spielten zehn Lieder, darunter ihre Underground-Hits *Jenny Was a Fag Hag* und *Looking for a Chinese Dyke*.

I'm looking for a Chinese Dyke.
I'm looking for a Chinese Dyke.
I went to a Black bar

They told me I was white.
I went to a white club
They told me to do outreach.
I'm going home to cry in my tea
Yeah, yeah, yeah.

Ich such' nach einer chinesischen Lesbe.
Ich such' nach einer chinesischen Lesbe.
Ich ging in eine schwarze Bar
Da sagten sie mir, ich sei weiß.
Ich ging in einen weißen Club
Da sagten sie mir, ich sollte 'ne Fliege machen.
Ich geh' nach Haus' und wein' in meinen Tee
Yeah, yeah, yeah.

Melonie trug Frischhaltefolie, ein Hundehalsband und eine abgeschnittene Lederhose. Als die Band ein Rock-and-Roll-Crescendo erreichte, rannte sie ins Publikum und kippte einen großen Postsack voller Verpackungsschachteln aus chinesischen Schnellrestaurants aus. Im zuckenden roten Licht zündete sie sie an und löschte die Flamme mit Dr.-Pepper-Cola.

Nach dem Auftritt erzählte mir Melonie, was ich hören wollte. »Ich kenne eine Frau, die Informationen hat. Sie heißt Vivian Beck. Wir haben mal zusammen gewohnt. Sie kennt Laura und Germaine aus alten Zeiten. Zumindest hat sie sie damals gekannt. Als diese Geschichte mit dem Banküberfall passierte, hat Vivian die alten Genossinnen von vor zehn Jahren angerufen, um aus dem akademischen Kreis eine Reaktion zu organisieren. Armes Mädchen, ich bin nicht mehr besonders akademisch, Gott sei Dank. Na jedenfalls, sie ist da sehr engagiert, und weil ich gehört hab', daß du für 'ne Story recherchierst, dachte ich, du würdest gern mit ihr reden wollen.«

Melonie zog ihre Koks-Lines wie ein Profi. Jetzt, da ihr Exmann sich endlich zu seinem Schwulsein bekannt hatte, stellte er ihr Rezepte für pharmazeutisches Kokain aus. Vom Feinsten. Zu nur vierzehn Dollar das Gramm; sie konnte es für zweihundert weiterverkaufen, und damit war ihre neue Lederkluft immer gesichert.

»Vivian ist so eine Art verlorene Seele, aber eine gute Frau. Sie unterrichtet Italienisch. In ihrer Doktorarbeit ging es um die Gourmet-Küchenutensilien der italienischen Bourgeoisie. Hast du mal ihr Buch gesehen, *Messer und Gabel als Metapher*? Hier ist ihre Telefonnummer.«

Fast hätte ich Melonie nach ihrer eigenen Telefonnummer gefragt. Ich warf noch einen Blick auf das nietenbeschlagene Halsband. Nein, ich mag Abenteuer in meinen Beziehungen, aber nur, wenn es mein eigenes Abenteuer ist.

»Danke, Kumpel, bis später.«

»Hey Sophie.« Sie grinste. »Immer schön locker bleiben.«

»Na klar doch.«

FÜNF

Vivian wollte, daß wir uns in der »Prince Street Bar« trafen. Da ich zwanghaft bin, hatte ich bereits alle Buchhandlungen und Bäckereien der Gegend abgeklappert und immer noch fünfzehn Minuten Zeit. Ein Bier kam nicht in Frage. Kostete wahrscheinlich drei Dollar fünfzig. Soho ist das schlimmste, was New York City zu bieten hat. Der Stadtteil ist ein einziges großes, schickes Einkaufszentrum, und seine Bewohner ähneln den Opfern von Leichenräubern; menschliche Hüllen, gefüllt mit einer diffusen Leere. Mir lief es kalt den Rücken runter. Das hier war wirklich gefährliches Terrain.

Ich erspähte Vivian an der Bar. Ich erkannte sie an ihren Ohrringen in Form von Mini-Schöpfkellen. Sie trug so viele seltsame und teuer aussehende Schmuckstücke, Bändchen, Kettchen und Armreifen, daß sie starke Ähnlichkeit mit einem Krawattenständer hatte. Wer so viel Aufmerksamkeit aufs Detail verwendet, braucht eine Stunde, um sich fertigzumachen. Das bedeutete, daß sie eine Stunde Zeit gehabt und beschlossen hatte, sie damit zu verbringen, sich fertigzumachen. Erschreckend. Doch als ich genauer hinsah, spürte ich, daß sie nicht mit dem Herzen dabei gewesen war. Das Make-up auf ihrem Gesicht war aus Gewohnheit aufgetragen, nicht aus Leidenschaft, und klebte auf ihren Gesichtszügen wie eine Fliege.

»Laura war fünfundsechzig bis neunundsechzig am Sarah-Lawrence-College meine Zimmergenossin und meine beste Freundin. Ich weiß, es ist ein klassisches bürgerliches College, wo ich studiert habe, aber ich hatte keine große Auswahl. Ich bin schließlich in Connecticut aufgewachsen. Mein Vater arbeitete in der Nabisco-Keksfabrik.«

Ihre Schöpfkellen klimperten, während sie sprach. »Wir hatten eine tolle Zeit zusammen. Ich studierte Italienisch im Hauptfach, Vergleichende Literaturwissenschaft im Nebenfach; ich wußte immer, was ich studieren wollte. Aber bei Laura, da war's zuerst Psychologie, dann Philosophie, dann Geschichte, dann Politologie; sie konnte sich auf nichts konzentrieren. Sie fiel ständig überall durch, und das Ende vom Lied war, daß ich die meisten ihrer Hausarbeiten für sie geschrieben habe. Wir rauchten in unserem Zimmer Zigarren und gingen mit gefälschten Ausweisen in die Bars und schmiedeten Pläne, über die Winterferien nach Florida zu fahren. Dann ging ich für ein Jahr ins Ausland, und Laura verbrachte diese Zeit mit einem neuen Projekt, wo College-Studis in die Städte gingen, um Ghetto-Kids Nachhilfestunden zu geben. Als ich zurückkam, war sie ganz aufgeregt wegen ein paar Büchern, die sie gelesen, und neuen Leuten, die sie an der Columbia-Uni kennengelernt hatte. Wir fingen zusammen an, uns politisch zu engagieren, bauten eine der ersten Gruppen für politisches Bewußtsein auf und lasen gemeinsam Mao. Wir haben unser Geld und unsere Geheimnisse miteinander geteilt.«

Vivians malvenfarbener Lippenstift verschmierte die Zigarette. Sie brannte neben ihrem lippenstiftbeschmierten Glas. Tanqueray mit Tonic.

»Was für eine Marke rauchst du, Vivian?«

»Marlboro. Light. Ich muß sie im Laden nicht mal verlangen. Sie sehen mir einfach in die Augen und wissen, daß ich Marlboro Light rauche. Süchtig, aber schlau – ein bißchen besorgt ums Älterwerden, aber noch nicht so weit, mit dem Rauchen aufzuhören.«

Ich klopfte eine aus ihrem Päckchen.

»Laura kannte sich mit der Rhetorik besser aus als ich, aber wir waren beide überwältigt von dem Gefühl des Augenblicks. Jeder Tag brachte eine neue Offenbarung, wir erkannten nicht nur, wie wenig von dem, was wir wußten, etwas taugte, sondern auch, daß keine von uns bereit war, in dieser Welt Karriere zu machen. Manchmal verliehen dir solche Einsichten Auftrieb und Kraft, ein andermal drehten sie dir den Magen um.

Ich weiß noch, wie ich eines Tages mit Laura bei einem Thunfisch-Sandwich saß und mir bewußt wurde, daß jeder Happen, den wir aßen, jede Zigarette, die wir rauchten, jeder Schritt, den wir gingen, auf Kosten eines Großteils der Menschen auf der Welt ging. Es konnte dich in den Wahnsinn treiben. Es konnte dich auch dazu bringen, daß du wie festgeklebt auf deinem Stuhl sitzenbliebst.«

»So ähnlich wie in *Naked Lunch*?«

»Was?«

»Ach, nichts.« Vivian erschien mir so vertraut wie jede Gestalt in jedem Roman von Marge Piercy.

»Mein Freund, Jerry Silverman, war damals ein hohes Tier beim SDS*. Er stieg in den Führungskader auf und gab von einer Kommune an der Upper Westside aus eine Zeitung raus. Er mochte Laura nicht und bearbeitete mich, von ihr weg- und bei ihm einzuziehen. Dort kamen ständig namenlose, gesichtslose Leute vorbei. Es war nie sauber, es war nie was zu essen im Kühlschrank. Es gab dauernd Diskussionen und lautstarken Streit und geheime Pläne und Leute, die auf dem Wohnzimmerfußboden miteinander bumsten.«

»Was war mit dir?«

»Ach, ich hab' mit Jerry gebumst, und manchmal sagte er mir, ich sollte mit irgendeinem Typ bumsen, der sich vom SDS zu entfremden begann.«

»Klingt ziemlich befremdlich.«

Vivian paßte hierher. Andere Frauen waren genauso angezogen wie sie und hielten ihre Zigaretten auf die gleiche Weise, aber Vivian konnte ich mir auch mit langem glattem Haar und Jeans und der Army-Jacke ihres alten Herrn vorstellen, wie sie mit tintenverschmierten Händen Jerrys Zeitung verteilte.

»Dann wurde ich natürlich schwanger, also fuhr ich nach Hause nach Connecticut, wo meine Eltern mir die Abtreibung

---

* SDS: Students for a Democratic Society

bezahlten. Meine Schwester hatte gerade einen jungen Mann aus Nabisco geheiratet und war im Begriff, runter nach Westchester zu ziehen. Ich schenkte ihr ein Exemplar der *Politik der Erfahrung*. Wir hatten uns nichts zu sagen. Als ich zurückkam, war Laura in Gruppen engagiert, die nur für Frauen waren. Wir beschlossen, uns offiziell zu exmatrikulieren, und zogen zusammen in eine Frauenkommune, auch an der Upper Westside. Wir verbrachten viel Zeit miteinander. Schliefen sogar im selben Bett. Ich fing wieder an, mit Jerry zu bumsen, wurde wieder schwanger und heiratete ihn.«

Vivian redete so schnell. Wie eine, die dir alles erzählen würde, wenn du nur danach fragst. »Dann kam Laura aus der Klinik.«

»Wann war das?«

»Ich glaube, das war so um neunundsechzig rum. Es war schrecklich. Als Laura ihr Treuhandvermögen der Black-Panther-Partei überschrieb, waren ihre Eltern völlig außer sich. Sie besaßen irgendeine Firma in New Jersey, in der keine Gewerkschaftsmitglieder arbeiten durften und die Kunstrasen für Stadien und Hallenbäder herstellte. Sie haben dann also schließlich eingegriffen. Sie haben sie in die Klinik einweisen und mit Elektroschocks und Aversionstherapie behandeln lassen.«

Sie schüttete den Rest ihres Drinks herunter. Ein kleines Stück Limette hatte sich zwischen ihren Zähnen festgeklemmt. »Genau wie in *Uhrwerk Orange*. Sie gaben ihr Medikamente, von denen sie Krämpfe bekam, und zeigten ihr Bilder von Frauen, die miteinander schliefen. Es war eine sehr teure Privatklinik, irgendwo draußen in den Wäldern. Als sie rauskam, war sie nicht mehr sie selbst. Sie hatte danach nie mehr Freundinnen, und glaub mir, ich hab's versucht. Nur ihre Genossinnen und Genossen waren ihr wichtig. Der Rest von uns war einfach *nicht prinzipientreu*.«

»Hast du versucht, mit ihr darüber zu reden, was passiert war?«

»Ich hab's versucht, Sophie, das hab' ich wirklich, aber ich hatte auch noch mein eigenes Leben. Ich hatte eine Fehlgeburt. Die ganze Sache war eine einzige Fehlgeburt. Die Revolution wartete nicht mehr hinter der nächsten Ecke. Ich mußte mein Leben weiterleben. Ich machte meinen B.A.-Abschluß am City College, und dreiundsiebzig beschloß ich weiterzustudieren. Ich ließ mich von Jerry scheiden und zog nach Philadelphia, um meinen Magister in Italienisch zu machen.«

»Hast du noch mal versucht, mit Laura Kontakt aufzunehmen?«

»Ich hab' hin und wieder an sie gedacht. Als ich wieder heiratete, hab' ich versucht, mit ihr Kontakt aufzunehmen. Ich hab' eine Nachricht hinterlassen, aber sie hat nie zurückgerufen.«

Ich bekam allmählich Hunger. Warf einen Blick auf die Speisekarte. Vergiß es. »Vivian, glaubst du, sie hatte das Gefühl, daß ihre Freundinnen sie im Stich gelassen hatten?«

»Wenn, dann hat sie es nie gesagt. Sie hat jeder von uns von ihren Erfahrungen in der Klinik erzählt, und dann hat sie es nie mehr erwähnt. Es gab keine persönlichen Anklagen oder Beschuldigungen. Alles war Politik. Du warst entweder *prinzipientreu* oder *nicht prinzipientreu*. Es war egal, ob du ins Bett machtest, mit den Toten redetest, sonntags nur Wackelpudding aßest. Solange du die politische Linie wiederkäuen konntest, tja, das allein zählte.«

Tränen traten in Vivians Augen, aber sie mußte wasserfeste Wimperntusche benutzt haben, denn nichts rann ihre Wangen hinunter.

»Vivian, ich weiß, das muß schmerzhaft für dich sein, aber bitte versuch dich zu erinnern, worin ihre Politik bestand. Ich verstehe es nicht richtig. War sie feministisch? Marxistisch? Kannst du es irgendwie auf den Punkt bringen?«

»Sie nannte es die Theorie der dicken Lüge. Es basierte auf der Vorstellung, daß sich alle selbst belügen und andere dazu mißbrauchen, ihre Lügen zu rechtfertigen. Ziel der Revolution ist es, diesen Mechanismus zu durchbrechen. So wie das Wort

›radikal‹, etymologisch betrachtet, bedeutet, zur Wurzel vorzudringen. Sie nannten sich ›Frauen der Wurzeln‹. So haben sie sich jedenfalls einundsiebzig genannt. Seitdem hat es Millionen von Spaltungen und Neubildungen gegeben.«

Ich spießte eine Olive aus dem Vorratsschälchen der Barfrau auf und mampfte sie gedankenvoll. »Mit was für Frauen hat Laura gearbeitet?«

»Eine Menge von ihnen sind zu irgendeinem Zeitpunkt mal Freundinnen von uns gewesen. Aber als die meisten von uns anfingen, unser Leben neu auszurichten, damit es in eine veränderte Realität paßte, zurück an die Uni gingen, Familien gründeten, hielten diese Frauen daran fest. Sie hielten an den winzigen Demonstrationen fest, den langen, öden Flugblättern, eine Schulung nach der anderen. Sie hatten Angst davor, ihr Leben weiterzuleben.« Sie hielt inne. »Oder vielleicht hatten wir Angst davor, es nicht zu tun.«

Ihre Offenheit überraschte mich, und das war mir anzumerken.

»Ich weiß, was du denkst, Sophie. Daß alle Verhältnisse auf der Welt, für deren Veränderung wir uns engagiert haben, noch genauso dringend der Veränderung bedürfen, nur daß sich unser Engagement verändert hat. Es stimmt. Die meisten Frauen in ihrer Gruppe hatten nicht die gleichen Wahlmöglichkeiten wie ich. Sie waren nicht erfolgreich, nach den Maßstäben der Neuen Linken. Weißt du, die Macht einer Frau hing von dem Mann ab, mit dem sie schlief. Es war eine sexistische, aber historisch konsequente Praxis. Nicht, daß es mir je wirklich gutgetan hätte, mit Jerry zu bumsen.«

Nachdem ich mit den Oliven fertig war, machte ich mich über die Zwiebeln her.

»Ihre Politik«, fuhr Vivian fort, »soweit ich sie verstanden habe, ging etwa so. Sie argumentierten, daß jede Institution abgeschafft oder umgewertet werden muß, wenn du wirklich eine bessere Welt willst. Wir müssen die Art und Weise, wie wir miteinander umgehen, in jeder Hinsicht neu strukturieren.«

»So weit kann ich's nachvollziehen.«

»Wenn du wirklich eine neue Kultur und ein neues System willst, mußt du bereit sein, dafür zu kämpfen. Der Grund dafür, daß es nicht zur Revolution kommt, ist deine persönliche Sehnsucht, angepaßt zu sein, für den Fall, daß es nicht zur Revolution kommt.«

»Vivian, das ist faszinierend. Du hast so klar durchschaut, was du tust und was du dabei empfindest, und gleichzeitig nimmst du es als gegeben und unabänderlich hin.«

Vivian betrachtete ihren dritten Tanqueray. Diesmal pur. »Schau, ich weiß, daß Laura auf einer gewissen Ebene recht hat. Das hab' ich immer gewußt. Aber ich will so nicht leben. Ich bin glücklich mit meinem Leben und würde es nicht verändern wollen. Ich hab' endlich einen Mann gefunden, über den ich mir keine Illusionen mache. Er ist nicht das, was ich mir ausgemalt habe, als ich zwanzig war, aber nachdem sich mein Weltbild ein paarmal geradegerückt hat, hab' ich erkannt, daß ich ebensowenig, wie ich in der Welt lebe, in der ich gern leben würde, den idealen Mann finden werde. Es wird einfach so nicht passieren. Na, jedenfalls bin ich jetzt vierunddreißig Jahre alt. Ich kann nicht mehr um vier Uhr morgens aufstehen und vor Fabriken Flugblätter verteilen. Ich will mich nicht mehr an Straßenecken stellen und mit Leuten reden, denen es völlig egal ist oder die nicht mal wissen, wo sie stehen. Ich will nicht so enden wie die kleinen alten Damen von der kommunistischen Partei, die immer noch versuchen, die Penner dazu zu kriegen, die *Daily World* zu kaufen, und die nicht akzeptieren wollen, daß ihr Traum zerbrochen ist. Aber eins weiß ich. Wenn eines Tages der Umschwung kommt, und er kommt, dann wird sich die Geschichte an Germaine Covington und Laura Wolfe als wahre Revolutionärinnen erinnern. Und ich hoffe, der Tag wird kommen, an dem ich das Laura persönlich sagen kann.«

Die Bar füllte sich allmählich. Vivian wankte aus der Tür. Ich sah zu, wie sie sich in ein Taxi fallen ließ. Allmählich lernte ich Laura Wolfe sehr gut kennen.

SECHS

Ich saß in meiner Wohnung. Saß einfach nur da. Im Kulturkanal im Radio laberten sie endlos und monoton vor sich hin, eine Marathon-Spendenaktion. *»Bitte geben Sie uns Geld. Bitte geben Sie uns Geld. Bitte, bitte, bitte.«*

Die neue *Village Voice* lag, mit Kirschkuchen-Krümeln übersät, schlaff auf meinem Schoß. Seymour Epstein führte auf Seite eins ein Exklusiv-Interview mit Germaine Covington, in der Metropolitan-Strafvollzugsanstalt. Ich las die Story zum dritten Mal:

Durch einen Spalt in der Wand strömte Sonnenlicht herein und ließ die couragierten Gesichtszüge von Germaine Covington aufleuchten. Ihre ausgeprägten und leicht ergrauenden Schläfen. Ihr entschlossenes Kinn. Sie wies auf einen Stapel Bücher.

»Ich hab' gerade Fidel gelesen«, sagte sie, und ihre klaren Augen blitzten, voll von revolutionärem Kampfgeist.

Wie zum Teufel war so eine fette Arschgeige, so ein pseudointellektueller Hund wie Seymour Epstein zu diesem Interview gekommen? Wo war ich gewesen? Es klingelte.

»Ich bin's, Henry«, kam die Stimme durch die Gegensprechanlage.

Henry Tsang ist Melonie Chaings Exmann. Wir hatten mal eine kurze Affäre, bevor wir beide beschlossen, Vollzeit-Homosexuelle zu werden, und es war angenehm. Wir murmelten »Du bist nicht so wie die anderen«, und es dauerte nicht lange, bis wir herausfanden, daß wir recht gehabt hatten. Henry ist ganz anders als Melonie. Stammt aus einer reichen Familie aus der Vorstadt. Sein Vater ist ein chinesischer Wissenschaftler, und seine Mutter ist Litauerin, vor dem Kommunismus geflohen. Er war ein normales Vorstadtkind, spielte Baseball, marschierte in der Highschool-Band mit und ging zum Medizinstudium ans College, genau wie es ihm seine Eltern befohlen hatten. Aber während seines ersten Jahres am Mount-Sinai-College begann die Welt sich zu verändern, und Henry nahm ein Urlaubssemester, um herauszufinden, was da vor sich ging. Er las diese gefährlichen chinesischen Kommunisten, von denen er mitgekriegt hatte, wie sie am Abendbrotstisch schlechtgemacht wurden. Henry schloß sich einer Pro-China-Gruppe an und glaubte fest daran, daß er, wenn er die Arbeiterschaft organisieren wollte, wie ein Arbeiter leben mußte. Die Gruppe, zu der er gehörte, die »Liga Zwanzigster Februar«, behauptete, daß Arbeiter kurze Haare hätten, kein Dope rauchten, Weißbrot mit cremiger Erdnußbutter äßen. Außerdem würden sie in stabilen, monogamen, heterosexuellen Ehen leben und keinen Oralsex treiben. Er versuchte, für die Revolution männlicher zu werden, aber er blieb immer drahtig und zierlich, beinahe elfenhaft. Dann veränderte sich China allmählich und seine Frau auch. Die »Liga« spaltete sich in die, die Mao und die Viererbande unterstützten, und jene, die es mit dem neuen China und seinen neokapitalistischen Methoden hielten.

Henry wurde depressiv und hörte auf, zu Versammlungen zu gehen. Er begann, im Krankenhaus härter zu arbeiten und Jogging-Magazine zu lesen. Manchmal ging er nach der Arbeit runter ins West Village und ließ sich von einem Mann auf der Toilette einen blasen. Er dachte eigentlich gar nicht darüber nach, wenn er es nicht gerade tat, und war sich später nicht sicher, ob das überhaupt er gewesen war. Als Melonie ihn verließ, war er erleichtert und betrachtete es nicht als persönlichen Affront, was es auch nicht war. Bald verliebte er sich in Harold, den Klavierspieler in »Marie's Crisis Piano Bar« und zog zu ihm in seine Wohnung in Chelsea. Henry erkannte, daß Melonie klüger war als er und daß er in ihren frühen gemeinsamen Jahren sich selbst und ihr etwas vorgemacht hatte. Er begriff zwar nicht, warum sie tun mußte, was sie jetzt tat, aber er vertraute darauf, daß es die Sache wert war, und leistete seinen Beitrag, wenn er dazu aufgefordert wurde.

»Henry, du siehst großartig aus«, sagte ich. »Setz dich, iß was. Ich hab' Bagels da, Räucherhering, Schmalzhering oder Hering in Sahnesoße. Wie geht's Harold?«

»Soph, hör zu, ich bin hier, um dir was Wichtiges zu erzählen.«

Seine Augen blieben an den Wänden meiner Wohnung hängen. Sie waren vom Fußboden bis zur Decke mit Bildern, Zeitungsausschnitten, Flugblättern und Postern vollgeklebt, auf denen Laura und Germaine zu sehen waren. Notizzettel ergossen sich bis auf den Fußboden. »Darüber möchte ich mit dir reden.«

Er lehnte sich auf seinen knochigen Hüften nach vorn und wackelte mit seinem Schnurrbart. »Ich mache zur Zeit Schichtdienst in der Notaufnahme des Bellevue, das heißt, im psychiatrischen Notdienst, weißt du, die Anstaltsinsassen überwachen, damit ihre Situation sie nicht dazu bringt, ihre Medizin wegzuwerfen und dafür etwas geistig Gesünderes zu tun, zum Beispiel ...«

»... eine Enthüllungsreportage zu schreiben?«

»Ich weiß nicht.« Henry war schon immer zerstreut gewesen. »Gestern nacht, so gegen halb fünf morgens, haben sie einen wichtigen Gefangenen aus der MCC-Vollzugsanstalt reingebracht. Ich wußte, daß da irgendwas Großes im Gange war, denn der Bezirksstaatsanwalt von Westchester war höchstpersönlich bei ihr.«

»Ihr?«

»Jaja, eine Frau, in sehr schlechter Verfassung. Sie machte gerade eine gewalttätige psychotische Phase durch, aber wenn du mich fragst, sie haben dazu beigetragen. Sie schrie sich die Lunge aus dem Leib und ging auf alle Pfleger und Ärzte los. Sie legten ihr Handschellen an, Beineisen, Ketten um die Taille und eine Zwangsjacke.«

»Klingt so, als ob ihr Jungs nicht zu Scherzen aufgelegt wart. Was hat sie gesagt?«

»Ich weiß nicht. Sie sprach kein Englisch – und erst recht kein Chinesisch. Es war irgendeine Mittelmeer-Sprache, sowas wie Griechisch oder vielleicht Armenisch, aber ich kann nur raten. Na jedenfalls, eines weiß ich, du nimmst keine Ausländerin, die dermaßen aus dem Häuschen ist, und schnürst sie in Fesseln ein. Es ist lächerlich. Damit verlangt man geradezu von jemandem, daß er durchdreht; sie hatten nicht die geringste Ahnung.«

»Sie?«

»Naja, der Bezirksstaatsanwalt von Westchester war da und hat alle herumgescheucht. Er bestand darauf, daß wir sie mit Thorazin vollpumpen. Eine Menge Thorazin. Genug, um die Dogmatics und all ihre Freundinnen ruhigzustellen.«

Er nahm einen großen Schluck Dr. Brown's-Brause. »Also sah ich mir ihre Akte an. Sophie, rate mal, wie sie hieß.«

»Frances Farmer.«

»Germaine Covington.«

»Was?« Innerlich stockte mir das Herz. Eine Wahnsinnsstory. Ich hatte eine Wahnsinnsstory an der Angel. Oh Gott, bitte gib mir diese Story, ich werd' auch nie mehr um irgendwas bitten.

»Soph, sie war es nicht. Auf gar keinen Fall. Ich habe Germaine seit meiner Zeit bei den Gelben Panthern nicht mehr gesehen, aber trotzdem, nie im Leben war diese Frau Germaine Covington. Deshalb bin ich hergekommen, Soph. Wer immer sie war, sie war alt und hatte Geschwüre, offene Beine. Sie sah aus wie eine, die es schon lange schwer hat. Ich hab' ziemlich viel darüber nachgedacht. Du weißt ja, ich bin kein besonders impulsiver Typ, aber wirklich, hältst du es für möglich, daß die Regierung sie sich geschnappt hat?«

»Wen?« Ich dachte gerade an meinen Pulitzer-Preis.

»Germaine. Für mich klingt das so, als würden sie sie irgendwo verstecken und vielleicht foltern oder was weiß ich – du weißt schon, um an Informationen ranzukommen.«

Henrys Theorie hatte eine hohe Wahrscheinlichkeitsrate. Die Regierung war für nette Tricks wie diesen hier bekannt.

»Henry, sie haben vielleicht Allende umbringen können, aber sie können keine zypriotische Pennerin für Germaine Covington ausgeben.«

»Sie können, wenn sie in der Klapsmühle ist.«

»No entiendo.«

»Sie ist nicht mehr aus der Notaufnahme rausgekommen. Sie haben sie so mit Thorazin vollgeknallt, daß sie fast an ihrem eigenen Erbrochenen erstickt wäre. Ich hab' mir wirklich Sorgen gemacht, aber dem Bezirksstaatsanwalt war es gleichgültig. Er sagte, er würde die volle Verantwortung übernehmen.«

»Henry, was weißt du über Seymour Epstein?«

»Naja, ich kenne ihn nicht persönlich, aber nach dem, was man so hört, hat er keinen besonders guten Ruf. Er schreibt Artikel für liberale Zeitschriften darüber, was für ein toller Hengst er bei den Frauen ist, und nachts klappert er dann die Männer-Bars wie das ›Mine Shaft‹ ab.«

Meine Gedanken fuhren Karussell. Wenn ich es nur auf die Reihe kriegen könnte, das Puzzle zu lösen, die Story zu veröffentlichen, die Filmrechte zu verkaufen und einen Bestseller zu landen, bevor die Miete fällig wurde. Nur eine Person besaß den Schlüssel dazu.

»Ich muß Laura Wolfe finden.«

SIEBEN

Freitagabend saß ich da und wartete auf Lillian, die um 18.30 Uhr mit dem Colonial-Schnellzug ankommen würde. Die Wohnung war in einem katastrophalen Zustand. Kartons mit Obstsirup und eine leere Flasche Krakus-Bier standen in der Badewanne. Überall lagen Schachteln über Schachteln Zigaretten verstreut. Newports, Marlboros, Drum (dreh' dir deine eigenen) und Zigarettenpapier. Ich hatte sogar Pall Malls für die ganz schwierigen Momente. Je ein Exemplar der *Times*, der *Post* und der *News* vom Tage lag zerfleddert auf dem Boden. Es klopfte an der Tür.

»Herein«, rief ich, aber nichts geschah.

Zehn Minuten später erneut ein Klopfen. Ich öffnete die Tür, und da stand ein hochaufgeschossener junger Typ. Etwa eins fünfundachtzig groß, in einem gestreiften Kinder-T-Shirt und zerrissenen Jeans. Er trug eine Brille, die so aussah, als hätte seine Mutter sie ausgesucht – ein dickes schwarzes Gestell, von einem Pflaster zusammengehalten –, und glattes braunes Haar mit Ponyschnitt. Bei näherem Hinsehen stellte ich fest, daß er viel älter war, als sein Äußeres vermuten ließ, viel älter. Sein starker, wenn auch glattrasierter Bartwuchs deutete auf Ende Zwanzig hin.

»Ja?«

»Ähm.« Er schaukelte auf seinen Billigturnschuhen vor und zurück und zupfte sich mitten auf dem Kopf die Haare aus. Offenbar eine bedauerliche Angewohnheit. »Ich bin ein Freund von Rita.«

»Von wem?« fragte ich verdutzt und versuchte zu entscheiden, ob es die Sache wert war, höflich zu sein.

»Rita aus Missoula.«

»Ach.« Mir wurde klar, daß ich ein Problem hatte. Vor zwei Jahren hatten meine damalige Freundin und ich beschlossen, über Land zu trampen. Als Stadtmädels war uns nicht bewußt, daß du im Winter nicht einfach so durch Montana trampst. Wir hätten nie gedacht, daß wir so verflucht lange brauchen würden, um von einer Stadt zur nächsten zu kommen. Rita fand uns halberfroren zwischen Billings und Butte und nahm uns mit zu sich nach Missoula. Das ist eine Kleinstadt mit großem lesbischem Untergrund. Dort blieben wir eine Woche lang. Sie war so wunderbar, daß ich ihr versprach, falls jemals Freundinnen oder Freunde von ihr in New York vorbeikämen, würde ich mich freuen ... das Übliche halt.

»Eigentlich bin ich gar kein Freund von ihr. Ich bin ihr Bruder.«

»Ach, was soll's, komm rein.«

Und so kam Evan in mein Haus. Der Anfang war ziemlich einfach, im Vergleich zum Ende. Er schlug in einer Ecke der Küche sein Quartier auf und richtete sich häuslich ein.

»Was hast du denn so für Pläne, Evan?«

»Tja, ich bin nicht ganz sicher, aber ich bin sicher, daß ich keine Schwierigkeiten haben werde. Ich bin mit fünfzehn aufs College gegangen, verstehst du, die Universität von Chicago. Ich war so 'ne Art Wunderkind.«

»Wie alt bist du jetzt?«

»Sechsundzwanzig.«

»Und was machst du hier in New York?«

»Ich werde groß ins Musikgeschäft einsteigen. Ich spiele Gitarre und schreibe meine eigenen Songs. Sie sind ziemlich gut. Eins davon geht so.«

Bevor ich herausgefunden hatte, wie ich es verhindern konnte, sang Evan lautstark und näselnd:

Als Blut aus den Mündern der Geier rannte
Feuer und Blitz die Kulturen verbrannte
Erstach er sie, zerstückelte sie und warf sie in den Bach
Trampte nach Reno und wurde high mit Griechen auf dem Dach.

Er sah mich mit Schafsmiene an. Allmählich verstand ich, daß das sein einziger Gesichtsausdruck war.

»Nette Melodie.«

Er schaukelte vor und zurück und zupfte sich wieder Haare aus. »Hast du was zu essen da?«

Ich sah zu, wie er in meinem Kühlschrank tragische Verwüstungen anrichtete, wie ich sie nie für möglich gehalten hätte.

»Hast du denn kein Weißbrot? Ich mag nur Weißbrot.«

Er machte sich Instant-Kaffee zum Abendessen und sah sehr unglücklich aus. »Hast du denn kein Fleisch? Ich brauch' Fleisch.«

»Da ist Gemüse. Ist was Feines.«

»Ich mag kein Gemüse, ich mag nur Fleisch. Wie sieht's mit Reis aus. Weißem Reis?«

Er aß weißen Reis mit Margarine, nicht mit Butter, und rollte sich mit einer Ausgabe von S. Thompsons *Fear and Loathing in Las Vegas* gemütlich in einer Ecke zusammen.

Das würde ein langer, harter Winter werden.

ACHT

Eine Stunde später schlenderte Lillian herein.

»Soph.« Sie kam und setzte sich auf meinen Schoß und umfing mich mit ihrer wunderbaren Sanftheit.

»Hallo Wahnsinnsfrau, mein Leben läuft grad fürchterlich.«

»Ich hab' die Zeitungen gesehen. Tut mir leid.«

»Tja.«

»Sophie, du weißt, daß du dieses Interview verdient hättest. Du bist auf alle Fälle eine bessere und leckerere Journalistin als Epstein.«

»Danke, Lil, aber wir haben jetzt andere Probleme.«

Ich zeigte ihr die Schlagzeilen:

POLIZISTENMÖRDERIN STIRBT BEI GEFÄNGNISORGIE
AN ÜBERDOSIS

Wir standen einen Moment lang in stiller Andacht da. Ich erzählte ihr, was es Neues gab. Dann erzählte sie mir, was es Neues gab. Eine Stunde später entspannte ich mich in der Wanne und schlürfte ein Guiness Stout, während sich Lily in der Küche mit Evan unterhielt.

»Wer ist dieser Pfadfinder?«

»Evan wohnt für eine Weile hier. Verklemmt, was?«

»Seine Persönlichkeit erinnert mich an einen Viertkläßler mit Dauerständer. Sophie, du bist furchtbar, immer hast du Mitleid mit Versagern. Du kannst sagen, was du willst, ich weiß, daß deine Mutter bei dir ganze Arbeit geleistet hat.«

»Jetzt schieb nicht alles auf Mama.«

Sie strahlte mich mit ihrem breiten Lächeln an. Lillian hat große Zähne. Sie sagt, einer von ihnen sei falsch, aber ich weiß nicht, welcher.

»Lil?«

»Hmmm?«

»Warum schmeckst du so gut? Warum fühlst du dich so gut an? Warum bist du so aufregend, abenteuerlustig, aggressiv und befriedigend?«

»Beschaffenheit der Haut«, sagte sie, beinahe zerstreut.

»Was meinst du damit?«

»Die Beschaffenheit der Haut ist der Schlüssel zu gutem altmodischem, unromantischem, aber hinreichend zärtlichem, bodenständigem Sexvergnügen. An manchen Leuten magst du die Art, wie sie aussehen. Du magst, wie sie riechen. Aber wenn du ihnen nahekommst, fühlt sich irgendwas einfach nicht richtig an. Du weißt schon, du kannst es dir nicht gemütlich machen, so, als würde was nicht stimmen. Der Schlüssel ist die Beschaffenheit der Haut, und Süße, bei dir ist sie richtig.«

»Also das ist der Schlüssel?«

Manchmal frage ich mich, was Lillian sieht, wenn sie mich anschaut. Ich lasse mein stinknormales schroffes, knallhartes, abgebrühtes Image raushängen, und sie schenkt mir immer wieder Marionetten und Unterwäsche mit Erdbeeren drauf. Sie hat einfach eine Sophie Horowitz erfunden, die verletzbar und kindlich ist, und mit der kann sie etwas anfangen. Nein, nicht immer, manchmal mag sie es, wenn ich stark und zärtlich bin.

»Ja, Soph, Seymour Epstein ist eindeutig der Schlüssel.« Sie rieb ihren Zeh an meinem Schamhaar. »Er hat dieses Interview frei erfunden, soviel ist klar. Also ist Germaine jetzt tot, nicht die echte Germaine, sondern irgend 'ne arme südländische Pennerin oder Revolutionärin oder was immer sie ist. Während unsere Heldin in den Fängen des FBI sitzt, sitzen wir in einem baufälligen Mietshaus und wissen, daß Seymour zweifellos der Schlüssel ist.«

Lillian ist so klug. Manchmal würde ich ihr am liebsten vorschlagen, ihren netten, langweiligen, recht gut bezahlten Job in Boston hinzuwerfen und sich auf ein Leben hier unten einzulassen. Aber ich weiß, so ist sie nicht. Sie will ihren Kuchen gleichzeitig behalten und essen, und ich bin sozusagen der Nachtisch. Außerdem wäre ich nicht glücklich mit einer Freundin, die ich jeden Tag sehen könnte. Soviel weiß ich aus Erfahrung. Nach Jahren voller guter Anfänge und bösen Enden habe ich gelernt, daß eine Wochenend-Geliebte und -Vertraute für mich das höchste der Gefühle ist. Naja, vielleicht mal drei Tage am Strand, um der Romantik willen eingestreut, aber das ist auch alles.

»Sophie, weißt du, du bist wirklich was Besonderes.«

»Nein, bin ich nicht, bin ich wirklich nicht. Du denkst nur, daß ich das bin, das ist alles.«

»Naja, vielleicht nichts Besonderes, ›einzigartig‹ trifft es vielleicht besser.«

»Schau mal, Lillian, ich gebe zu, daß ich nicht gerade der typische Durchschnittsmensch bin, aber steiger dich da nicht zu sehr rein. Ich bin typisch für eine Art von Mensch, die einfach nicht so sehr im Rampenlicht steht, deshalb sieht es so aus, als wär' ich was Besonderes. Aber egal, hör zu, ich habe folgendes über Seymour rausgefunden. Er ist egoistisch, ein Großkotz, dick und ekelhaft.«

»Dicke Leute sind nicht ekelhaft.« Lillian ist Ex-Mitglied der Solidaritätsgruppe *Schlanke Frauen für die Befreiungsbewegung dicker Lesben*.

»Stimmt, aber zufällig ist er beides. Dazu kommt noch, daß er ein verkappter Schwuler und Masochist ist, du weißt schon, ein Arsch. Er zieht durch die Sexbars, wird ausgenommen und dann gefickt.« Ich schwamm rüber auf Lillians Seite der Wanne und legte meine Arme um ihren Hals. Sie ließ ihre Finger nachdenklich meine Pofalte hinuntergleiten.

»Sophie, ich glaube, ich hab' eine Idee.«

NEUN

Ich war dankbar für die kühle Oktoberluft. Lillian und ich saßen in Chris' Taxi und rauchten eine Camel ohne Filter nach der anderen. Chris ließ uns das Taxi unter der Bedingung benutzen, daß ich diesen Monat beim Klebeumbruch der Zeitschrift Überstunden machte. Der Wind kühlte den Schweiß auf meiner Stirn, nicht aber den Rest, der mir langsam über den Körper rann, eine Kombination aus Leder und Angst.

Ich muß zugeben, wir sahen ziemlich cool aus. Lillian, als Taxifahrer gekleidet, mit einer Schirmmütze wie ein Zeitungsjunge und dicker Zigarre. Ihr hennagefärbtes Haar mit Klemmen festgesteckt. Sie ist eine große Frau mit starken Muskeln. Ich mag das.

Ich betrachtete mich im Rückspiegel. »Lil, weißt du was, ich glaub' nicht, daß mir Melonie geglaubt hat, als ich ihr erzählte, ich bräuchte ihre Lederkluft für eine Story. Sie hatte so einen Blick drauf, so nach dem Motto: ›Na klar doch, Soph, deine Freundin kommt in die Stadt, und ausgerechnet da kommst du hier angetanzt und willst dir eine Lederjacke und Lederhosen für die Arbeit ausleihen.‹«

»Naja, ich würde dir auch nicht glauben. Bist du sicher, daß es dich nicht doch irgendwie anmacht, diese Klamotten zu tragen? Mich macht's an, dich darin zu sehen.«

Das Leder war fest und weich. Wie Lillian. Es war ein guter Schutz. »Ich bin froh, daß du hier bist, Lily, da fühl' ich mich sicherer.«

»Ist mir ein Vergnügen.«

»Aber dieser Haarschnitt ist ein bißchen zu kerlig für mich, findest du nicht?« Ich prüfte meinen Schwulen-Einheitsschnitt. Mit den Klamotten, den Haaren, falschem Bart und Polsterung zwischen den Beinen war ich überzeugend, um nicht zu sagen atemberaubend.

»Keine Sorge, Sophie, ich kenne dein wahres Ich. KV auf der Straße, Femme im Bett.«

Im Radio lief Sarah Vaughan, sie sang *Stairway to the Stars*. Wir waren einen Moment still und ließen uns von ihr davontragen.

Es war 2.30 Uhr in einer Samstagnacht. Wir parkten vor Epsteins Apartment, Central Park West Ecke Fünfundneunzigste Straße. Vor einer Stunde hatte ich unter seiner Telefonnummer angerufen und nach Beverly Hell gefragt. Sie ging mir nicht aus dem Kopf. Wir wußten also, daß er zu Hause war, und hofften, daß er seinen Samstagabend nicht vor dem Fernseher verbringen würde. Obwohl er wahrscheinlich Kabelanschluß hatte. Wir warteten seit elf, hatten uns Geschichten erzählt, Lieder gesungen. Ich zupfte dauernd an dem Schaumgummiteil zwischen meinen Beinen herum, bis Lillian sich erbot, mir einen zu blasen. Ich sagte, ich würde später gern darauf zurückkommen.

Genau in diesem Moment trat Seymour in die Nacht hinaus. Er lächelte, ganz in Leder, mit Schirmmütze und allem. Wir folgten seinem Taxi den Broadway runter. Die Stadt pulsierte vor Leben, so wie sie an einem Sommerabend von einem Flugzeug aus erscheint, das sich im Landeanflug auf den Kennedy Airport befindet. Ein einzelliger Organismus. Ein Paramecium mit fluoreszierendem Protoplasma.

Am Sheridan Square stieg er aus. Wie gewöhnlich drängten sich auf den Straßen die Lesben und Schwulen und in den Cafés die Heteras und Heteros. Er ging kurz ins »Ty's« und nahm einen Drink. Es ist eine nette Kneipe – Flanellhemden. Die Leute kennen sich und kommen her, um ihre Freundinnen und Freunde zu treffen. Ich stellte fest, daß Seymour einen Jack Daniels bestellte. Das war das erste, was ich an Positivem über ihn sagen konnte.

Wir folgten ihm in westlicher Richtung die Christopher Street runter. Ich zu Fuß und Lillian hinterm Lenkrad. Dann ging er ins »Boots and Saddles«. Danach ins »Christopher's«.

Jedesmal, wenn ich ihm in eine Bar folgte, bestellte er sich einen Jack. Seymour versuchte nie, mit einem der Männer in Kontakt zu kommen. Nicht mal ein Lächeln. Er sah ihnen einfach nur zu, und das tat ich auch. Die meisten von ihnen waren wirklich schön. Dünn und sonnengebräunt, gut gekleidet. Sie lachten und rauchten und redeten miteinander. Manchmal saß in der Ecke ein Typ in Cowboy-Klamotten, der sich nur an seinem Bier festhielt und hinter seinem dicken Schnurrbart hervorstarrte. Aber die meisten dieser Männer waren freundlich und entspannt. Es ist komisch, aber mir kam der Gedanke, daß keiner der Hetero-Männer, mit denen ich mal rumgehangen hatte, je so gut ausgesehen hatte. Die wußten auf jeden Fall nicht, wie sie mit anderen Männern reden sollten, außer über Avantgarde-Jazz oder Jack Kerouac. Schwule sind wirklich gar nicht so übel. Sie verstehen sich zu amüsieren, und ich wette, jeder Mann in dieser Bar konnte sich seine Hemden selber bügeln.

Als wir die Hudson Street überquerten, muß Seymour allmählich ein bißchen beschwipst gewesen sein. Dann bemerkte ich, daß sich die Umgebung veränderte. Keine netten, kleinen, schnuckeligen Bars mehr. Es schien sich mehr auf der Straße abzuspielen. Ein paar junge Puertoricaner lungerten vor dem U-Bahn-Eingang zur PATH-Linie herum. Einige hatten pinkfarbene und gelbe Strähnen in ihrem fedrig aufgeplusterten Haar. Ich beobachtete, wie ein typisch amerikanischer blonder Mann in seinem Toyota mit New-Jersey-Nummernschild langsam einer schwarzen Transvestiten-Prostituierten hinterherfuhr. Sie wollte nichts mit ihm zu tun haben. Ich habe Fummeltunten immer bewundert – sie haben Stil und Mut, und sie sind knallhart. Schließlich waren es Tunten, schwarze Tunten, die sich 1969 beim berühmten Stonewall-Inn-Aufstand gnadenlos mit der Polizei anlegten. Jahre später bemühte sich eine Gruppe von neureich-respektierlichen Schwulen darum, auf dem Platz gegenüber der alten Bar ein Denkmal für Stonewall zu setzen. Das Teil bestand aus zwei weißen, klonartigen, dünnen Schwulen und zwei weißen jungen Lesben mit perfekten Nasen. Sie waren aus einer gipsähnlichen Masse geformt, teigig und weiß wie die Leute, die sie bezahlt hatten. Einige von uns waren wütend. Chris rief alle schwarzen Schwulen- und Lesbengruppen der Stadt zusammen, und die *Feminist News* engagierte sich im Kampf für eine farbige Statue einer schwarzen Fummeltunte, die einen Pflasterstein auf einen Bullen wirft. Wir kriegten sie nicht, und ehrlich gesagt wäre es mir lieber, gar nichts zu haben. Da weißt du wenigstens, woran du bist.

Ich erkannte eine der Tunten, meinen Nachbarn Rick. Er war ein netter Kerl, lieh mir immer Strümpfe, Kleider und hochhackige Schuhe, wenn ich rechte Konferenzen infiltrieren oder vor Gericht erscheinen mußte. Ich wollte nicht, daß er mich sah. Er würde gekränkt sein, weil ich ihm den ganzen Spaß vorenthalten hatte. Jedenfalls riet mir mein Instinkt, die ganze Sache geheimzuhalten. Es konnte heikel werden.

An der West Street folgte ich Seymour raus auf die Docks. Von dort hast du nachts einen wunderschönen Blick auf New Jersey, hellerleuchtet auf der anderen Seite des Hudson, aber ich glaube, die Männer zieht es wegen der Abgeschiedenheit und dem Reiz der Gefahr dorthin. In dem verrottenden Holz sind tiefe Löcher, und um die ungeschützt am Boden liegenden Körper trippeln ganz offen die Ratten herum. Überall um mich her war das Geräusch von Männern, die Orgasmen haben. Es war schon sehr komisch, aber irgendwie auch aufregend – eben mal was anderes. Die Sexlaute von Männern und die übelriechende Brise aus Richtung New Jersey. Noch immer machte Seymour bei niemandem Annäherungsversuche. Er stand nur da und sah zu und rauchte einen Joint und dann eine Zigarette.

Wir verließen das Dock, und weiter ging es in Richtung »Ramrod«, die berühmte Sex-Bar. Vor ein paar Jahren hatten ein paar Schwule auf der Straße davor herumgestanden, und ein Auto fuhr vorbei, aus dem jemand mit einer Maschinenpistole auf sie feuerte. Der Mörder plädierte auf Unzurechnungsfähigkeit und kam damit durch. Behauptete, sie hätten versucht, ihn zum Homosexuellen zu machen. Einfach, indem sie da herumstanden. Einige sagten, er wäre niemals damit durchgekommen, wenn er Wall-Street-Manager erschossen hätte. Chris sagt, es gibt jede Menge Wall-Street-Manager im »Ramrod«. Sie tragen nur andere Klamotten.

Inzwischen war Seymour richtig high. Er fing mit dem Rausschmeißer einen Streit wegen dem Eintrittsgeld von zehn Dollar an. Ich war froh, daß er das tat, denn Lily und ich hatten nur fünfzehn Dollar dabei, und ich wollte nicht anfangen, die auszugeben, nur um irgendwo reinzukommen. Bevor es zu weit ging, schleuderte Seymour dem Rausschmeißer ein paar wüste Flüche entgegen und ging weiter die West Street hoch, vorbei an dem Ledergeschäft, der Biker-Bar, vorbei am Autostrich und den Lastwagen, durch den Schlachthausbezirk. Er war auf der Suche nach irgend etwas. Auf dem Gehsteig waren Blutlachen, und die Mülleimer quollen über von verrottenden Stücken toten Fleischs, das die Luft mit einem Übelkeit erregenden Gestank erfüllte. Dann verschwand er eine schmale Treppe hinunter. Auf dem Schild stand »ASS*TRICK«. Ein Porzellanabguß eines Männerarschs hing über dem Eingang. Es kostete nur fünf Dollar Eintritt, ein Getränk inklusive. Ich folgte ihm hinein.

Die Kneipe war ziemlich voll. Sie war bewußt auf Verruchtheit getrimmt. All diese großen Männer trugen Lederanzüge und -kappen, manche mit Peitschen oder Sporen. Es war nicht die Spur angsteinflößend, alles schien so künstlich. Vielleicht war damals, als Ledersachen so populär wurden, ein stärkerer Kitzel von Gefahr dabei. Aber heutzutage kann jeder und jede Leder tragen. Ich fragte mich, was wohl der nächste Modegag sein würde. Vielleicht Papier? Diese Männer waren Tänzer und Wirtschaftsprüfer und Jungakademiker mit abgeschlossenem Studium in marxistischer Wirtschaftspolitik. Sie zogen sich also ab und zu wie die Hell's Angels an, na wenn schon. Ich vermute mal, daß es nach ein paar Monaten langweilig wird. Mir fiel auf, daß die Wände mit Photos, Zeichnungen, Repliken und anderen Darstellungen von Penissen bedeckt waren. Riesige, geschwollene, groteske Penisse, als wären sie Betty-Grable-Pinups oder andere Götzenbilder.

»Ekelhaft«, sagte ich zu mir selbst. Klarer Fall, hier wollte ich nicht länger als nötig bleiben.

Ich winkte dem Barmann. »Sehen Sie den Typ da drüben? Wenn er einen Drink bestellt, machen Sie ihm einen dreifachen.« Ich legte meine zehn Dollar auf den Tresen. Bekam kein Wechselgeld zurück.

Um vier Uhr war der Moment gekommen. Seymour war buchstäblich in die Knie gegangen und rutschte am Tresen entlang noch weiter nach unten. Männer tanzten über ihn hinweg zur Discomusik. Ich wußte, es war Zeit zu handeln. Der Trick bestand darin, ihn von meinem Hosenschlitz fernzuhalten. Zum Glück hatte Lillian im voraus daran gedacht. Ich packte seine Handgelenke und legte sie hinter seinem Rücken in Handschellen.

»Trink«, befahl ich und schüttete ihm den dreifachen Drink in die Gurgel.

»Komm her, du kleiner Dreckskerl, ich bring' dich nach Hause.« Ich hatte mir über den Teil der Geschichte, wo ich ihn erniedrigen mußte, Sorgen gemacht, aber es war überhaupt nicht schwer. Ich stieß ihn in ein Taxi, das praktischerweise draußen wartete.

»Erzähl mir mehr«, sabberte er.

»Du ekelhafter Mistkerl. Du bist nicht mal das Leder auf deinem Rücken wert.«

Ich zog ihm seine Kappe über die Augen. »Sitz einfach still und sag kein Wort.«

Lillian fuhr uns zu ihm nach Hause. Genau wie wir erwartet hatten, war er völlig weggetreten, als wir dort ankamen. Der Wachmann war ziemlich groß. Auf seinem Namensschild stand

Mukul Garg. Er schien an Seymours Auftritte gewöhnt zu sein und tat so, als würde er die Handschellen nicht bemerken. Wir trugen den schlaffen Sack nach oben in Seymours Apartment.

Ich schloß mit Seymours Schlüsseln die Tür auf und warf ihn aufs Bett. Er hatte eine recht nette Wohnung für einen teilbeschäftigten freiberuflichen Schriftsteller. Ich fand eine Ledermaske auf seinem Nachttisch und zog sie ihm über den Kopf, wobei ich die Reißverschlüsse für Augen und Mund offenließ, damit er Luft bekam. Ich wußte, daß ich nicht viel Zeit hatte. Ich griff nach dem, wonach eine gute Detektivin greifen würde – Papiere, Rechnungen und ein kleiner Metallkasten, der am Schreibtisch befestigt war. Die Auswahl fiel leicht. Eins der Dinge, die ich mir durchs Fernsehen angeeignet habe. Ich bemerkte ein Exemplar der *Feminist News*, die auf der Seite mit meinem Artikel »Eine Wolfe im Wolfspelz« aufgeschlagen war. Die Titel suchte immer Chris aus.

»Ach, was verstehst du schon davon.« Ich lächelte mir selbst zu. Es war nett, beachtet zu werden, aber dies war nicht der Moment, um sich mit diesem Gedanken länger aufzuhalten. Ich sprintete zur Tür raus und ließ Seymour schnarchend wie ein Baby zurück.

ZEHN

Am Sonntag schliefen wir bis drei. Zuerst war ich groggy und dann aufgekratzt. Was für ein grandioser Auftritt! Wir feierten unseren Erfolg beim Frühstück. Ich bemerkte, daß Evan ein paar Sachen eingekauft hatte. Der Kühlschrank war voll mit Weißbrot, abgepackten Kraft-Käsemakkaroni, Dosen mit Corned-Beef-Haschee und einer Flasche Ketchup. Mir wurde leicht übel, als ich die Ketchup-Spuren an der Ausgußöffnung des Milchkartons sah.

»Vorsicht, Lil, ich glaube, die Milch hat Läuse.«

»Der Junge ist wirklich unangenehm, was?«

»Allerdings, und weißt du, was mich wahnsinnig macht? Daß er in seinen Klamotten schläft und sie nie wechselt und immer schlecht riecht und in ein Zimmer reingeht, als wäre er der einzige da drin, und daß er die Welt so behandelt, als würde nichts passieren, wenn er nicht da wäre.«

»Tja, Sophie, du weißt ja, was passiert, wenn du all diese Nitrate und Nitrite ißt; es regt das Testosteron an.«

Wir räumten die fettigen Tüten weg und die Überreste von chinesischem Fast-Food, und dann versuchten wir, die weißen Reiskörner, die zwischen die Fußbodenbretter gefallen waren, rauszupulen.

»Ich traute meinen Augen kaum, als ich Seymours Gesichtsausdruck sah, als du ihn zum Taxi gebracht hast«, sagte Lillian zwischen zwei Mundvoll Rührei. »Er sah fast dankbar aus. Weißt du, Soph, auf eine verrückte Art haben wir ihn, glaub' ich, glücklich gemacht.«

»Naja«, gab ich zurück, während ich etwas kalte Gurkensuppe schlürfte, »er wird nicht glücklich bleiben, wenn wir rausfinden, wie er in das Ganze verwickelt ist. Ich glaube, es sind brauchbare Informationen in diesen Papieren, die wir von seinem Schreibtisch gemopst haben.«

»Sophie, eßt ihr an der Lower Eastside eigentlich niemals Eier?«

»Nein, wir essen kalte Gurkensuppe«, gab ich ein wenig spitz zurück. Das hatten wir alles schon mal durchgekaut.

Manchmal verstehe ich wirklich nicht, warum Lillian und ich so gut miteinander auskommen. Es hat eindeutig ein paar haarige Momente gegeben, seit wir uns kennenlernten.

Ich hielt damals einen Vortrag auf Einladung einer örtlichen Lesbengruppe, einer von diesen Koalitionsversuchen, wo Leute, die nichts gemeinsam haben außer ihrer Opposition gegenüber irgend etwas, so tun, als würden sie zusammenarbeiten. Sie verschließen zeitweilig die Augen vor der Tatsache, daß jede dieser Gruppen, käme sie je an die Macht, die anderen schnellstens vernichten würde. Nach wochenlangem *Kampf* – Sitzungen, Manipulationen, Säuberungsaktionen – planen sie ein Programm, bei dem jede Gruppe eine Rednerin oder einen Redner stellt und drei Minuten Zeit hat, über ihr Anliegen zu sprechen und die Anliegen aller anderen zu ignorieren: »Einer von euch und eine von euch und einer von euch.« Es ist ziemlich undialektisch, wenn ihr mich fragt.

Auf dem Podium saß Mark Wilson, ein marxistischer Wirtschaftswissenschaftler von der Neuen Schule für Sozialforschung. Er trug ein braunes Cordjackett mit Lederflicken an den Ellbogen. Er benutzte völlig unverständliches wirtschaftswissenschaftliches Kauderwelsch, um über die zentrale Rolle der Intellektuellen in der Führung der arbeitenden Klasse zu sprechen. Der zweite Redner war Richard Gordon, Dozent für lateinamerikanische Geistes- und Politikgeschichte an der Yale University. Er trug ein graues Cordjackett mit Lederflicken an den Ellbogen und benutzte völlig unverständliches geschichts- und politikwissenschaftliches Kauderwelsch, um über die zentrale Rolle der Intellektuellen in der Führung der arbeitenden Klasse zu sprechen. Ich trug mein Patti-Smith-T-Shirt mit den abgeschnittenen Ärmeln und nannte meinen Redebeitrag

»Heterosexualität: Was ist dagegen zu tun?« In dem Raum befanden sich 400 Leute. Hinterher gab es eine dreistündige Frage-und-Antwort-Runde. Kein Mensch stellte mir auch nur eine einzige Frage. Der *Boston Globe* brachte eine kurze Notiz auf Seite sechsunddreißig. Sie verwendeten je einen Abschnitt auf die beiden Herren. Die letzte Zeile lautete: »Susan Horowitz, Feministin, war zornig.«

Nach dem Vortrag ging ein Grüppchen von uns in die örtliche Bar, das »Saint's«. Ich war müde und knatschig und ließ das Geplauder um mich herumwabern wie Zigarettenrauch. Aus Langeweile fing ich an, mich ein bißchen nach Frauen umzuschauen, und stellte fest, daß eine Frau sich nach mir umschaute. Alle zehn Minuten oder so warfen wir uns einen abcheckenden Blick zu. Unsere Augen trafen sich, und wir schauten beide weg. Stunden vergingen. Endlich war die Kneipe leer und ruhig. Ich lehnte ein paar Mitfahrgelegenheiten zu dem Haus, wo ich übernachten sollte, ab und saß zu guter Letzt allein mit einem Glas abgestandenem Tonic Water und einem überquellenden Aschenbecher herum. Abgesehen von der Barfrau, die beim Aufräumen war, waren wir die letzten in der Kneipe. Weil mir ein bißchen schwindlig war und aus dramaturgischen Gründen stand ich schließlich auf, um draußen zu warten. Ich stellte mich in die frühmorgendliche Luft, einen Fuß flach gegen die Wand gelehnt, wie die Drogenbullen, die im Washington Square Park als Schwule auf Anmachtour posieren, und wartete. Ich rauchte eine Zigarette und wartete. Dann noch eine. Es vergingen noch fünfzehn Minuten, aber kein Anzeichen von Madame X. Ich übte, was ich sagen würde. Ich probierte es mit »Hallo.« Nein, zu lasch. »Suchst du vielleicht mich?« Nein, zu idiotisch.

In diesem Moment ging die Tür auf, und sie kam herausmarschiert, am Arm ihrer Freundin, der Barfrau. Tja, so kann's gehen. Ich fühlte mich wie eine Idiotin, während ich im Taxi zurück zu dem Haus in Cambridge fuhr, wo ich untergebracht war. Ich kam um vier Uhr morgens rein und erblickte eine Frau, die auf allen vieren den Küchenfußboden schrubbte.

»Ist gut für meine Nerven«, sagte sie. Das war Lillian.

Sie bot mir eine Tasse Tee an. »Kamille, Tropenfeuer, Hagebutte, Wintertraum?«

»Hast du keinen richtigen Tee? Lipton oder so?«

Sie hatte. Wir setzten uns zusammen hin und redeten. Sie stammte aus einer Kleinstadt in Michigan. Ihr Vater war Mechaniker, und ihre Mutter nähte für die Woolco-Bekleidungskette. Sie hatte ihre ganze High-School-Zeit hindurch hart gearbeitet, um aufs College gehen zu können, und war schließlich im Herbst 1967 an der Universität von Michigan in Ann Arbor gelandet. Rings um sie her liefen junge Leute aus der Mittel- und Oberschicht, Kids aus New York und Kalifornien, jüdische und kommunistische Jugendliche und Hippies und sogar ein paar Schwarze auf dem Campus herum und veränderten die Welt. Das behaupteten sie zumindest. Sie lebten in Kommunen und machten Straßentheater, arbeiteten in der Volksklinik und zogen eine Radioshow mit dem Titel *Freie Wellen* auf. Doch als die Revolution vorüber war, gingen sie zurück an die Uni, und Lillian ging dahin zurück, wo sie hergekommen war. Sie heiratete einen Jungen aus dem Ort und fing nach einem Jahr eine Affäre mit einer verheirateten Frau an, die in derselben Straße wohnte. Sie waren zusammen zur High School gegangen, hatten sich allerdings nie mit derselben Clique herumgetrieben. Als ihr Alter dahinterkam, flohen die beiden Frauen mitten in der Nacht und trampten auf der Autobahn nach New York City. Einen Monat später merkte Lily, daß sie schwanger war, und wußte, daß sie abtreiben mußte. Die beiden kratzten jeden Penny zusammen, und Lillian trampte mit Lkw-Fahrern runter zu dem berühmten Abtreibungsarzt in Pennsylvania. Es ging die Geschichte um, er habe seine eigene Tochter im Stich gelassen, als sie schwanger war. Sie starb auf einem Küchentisch. Von da an machte er so viele

Abtreibungen, wie er nur konnte, mit einem Minimum an Kontakt zu den Frauen. Er sprach nicht mit ihnen oder sah ihnen in die Augen. Er nahm einfach das Geld, tat seinen Job und verließ den Raum. Als Lillian wieder nach New York zurückkam, war ihre Freundin weg. Sie war zu ihrem Mann nach Michigan zurückgekehrt. Lily hat sie über die Jahre ein paarmal angerufen. Es ist so eine Art Tradition. Lily ruft an, und die Frau legt auf. Manchmal geht ein Kind ans Telefon, sie ist allerdings noch nicht sicher, ob es ein Junge oder ein Mädchen ist; die Stimme ist so hoch. Nach ein paar Monaten zog Lillian nach Boston und fing an, als Schreibkraft bei einem Verlag zu arbeiten. Da ist sie immer noch. Jedes zweite Wochenende berät sie Vergewaltigungsopfer am Notruftelefon des Frauenzentrums.

Ich hatte Hemmungen wegen ihres Alters und ihrer Erfahrung. Ich hoffte, daß sie meine mangelnde Weltläufigkeit übersehen würde, denn dafür erlebte sie schließlich den Kitzel, eine junge Geliebte zu haben, niedlich und sprühend vor Tatendrang. In jener Nacht, in einem ärmellosen T-Shirt, das ihre lange Nackenlinie und ihren Hals zur Geltung brachte, sah sie aus wie eine, um die ich meine Arme schlingen und in die ich hineinklettern wollte.

»Laß mich ein bißchen von dieser Gurkensuppe kosten.« Sie lächelte. »Naja, gar nicht so schlecht.« Das war eine Entschuldigung.

»Ach, Lillian… Laß uns einen Blick in Seymours Papiere werfen.«

ELF

Evan saß im Wohnzimmer und starrte ins Leere. Ein Fünf-Dollar-Tütchen Shit war auf einem Frisbee verteilt, Krümel auf dem Tisch, von denen ab und zu einer auf den Boden kullerte.

»Was machst du?«

»Nichts.«

»Ich meine, nicht gerade jetzt, das seh' ich selbst. Was hast du heute vor?«

»Nichts.«

»Also, ich wünschte, du würdest was tun, denn ich muß heute wirklich an der Schreibmaschine arbeiten, sobald Lillian weg ist, und um das zu tun, brauche ich ein bißchen Zeit für mich allein in dieser Wohnung. Du weißt schon, ich muß 'ne Weile rumsitzen und Radio hören und Kaffee machen und eine Zigarette rauchen und nachdenken und ein paar Seiten schreiben und dann eine Platte auflegen und noch ein paar Seiten schreiben, und das kann ich nicht, wenn du den ganzen Tag hier rumsitzt, Evan.«

Ich versuchte zu lächeln.

Er sah bekümmert aus. Vielleicht war ich zu schroff.

»Sieh mal, warum liest du nicht ein Buch oder sowas. Ich hab' 'ne Menge interessante Bücher. Hier ist eins, das heißt *Für Männer gegen Sexismus*, es wird dir bestimmt gefallen.«

»Hast du nicht *Gammler, Zen und hohe Berge* von Jack Kerouac?«

»Nein, aber Alan Ginsberg hab' ich.«

»Nein, ich glaub' nicht, daß ich das lesen will.«

»Evan, warum denn nicht?«

»Naja, er ist – du weißt schon, er schreibt über diese Matrosen und all sowas. Ich meine, mir ist egal, was die Leute privat machen, aber sie sollten es anderen nicht auf die Nase binden.«

»Er ist schwul, meinst du.«

»Jaah, ich meine, es ist echt verrückt, wenn ich hier in New York die Straße entlanggehe, schauen mich ständig diese Männer an und versuchen mich anzufassen. Es ist wirklich ekelhaft. Sie sollten sich lieber in acht nehmen, sonst werd' ich eines Tages echt sauer. Dieser Typ hier im Haus. Der die Frauenklamotten anhat. Er ist echt widerwärtig. Neulich hat er... naja.« Er schaute auf seine Billig-Turnschuhe.

»Erzähl mir nicht, er hätte versucht, dich anzumachen.«

»Na und ob.«

»Was hat er getan?«

»Er hat mir ein Gedicht gezeigt, und da kam so ein Typ drin vor, der homosexuell war.«

»Und?«

»Das ist alles – ich meine, mir war einfach klar, daß er es mir gezeigt hat, weil er mich anbaggern wollte, du weißt schon, er war so nett und alles. Mir wird schlecht davon.«

»Deshalb magst du Kerouac, stimmt's? Ein guter Macho-Kumpel, der Wein trinkt und mit Kellnerinnen bumst.«

»Jaaah, das ist Amerika.«

»Allerdings.«

Solche Jungs kenn' ich schon, solange ich lebe. Sie wollen mit Jack und Neil auf Tour gehen, dabei können sie sich nicht mal selbst die Schuhe zubinden.

Als Lillian mit der *Sunday Times* zurückkam, gingen wir in mein Zimmer und schlossen die Tür ab.

»Weißt du, Soph, ich an deiner Stelle würde es sehr beunruhigend finden, Evan die ganze Zeit hier zu haben. Du weißt nie, was für Informationen er aufschnappt. Ich wäre echt vorsichtig.«

»Ach, er ist einfach eine Nervensäge, aber harmlos. Er ist bloß ein Trottel, aber er macht keine Probleme. Glaub mir, ich hab' 'nen guten Blick für Menschen. Jetzt laß uns an die Arbeit gehen.« Aber um ganz sicher zu sein, stopfte ich Handtücher unter die Tür, bevor wir das Beweismaterial durchblätterten.

»Mal sehen. Telefonrechnungen, Mietquittungen, Kontoauszüge, jede Menge gute Detektivarbeit haben wir hier. Rechnungen vom ›Brooks-Brothers‹-Herrenausstatter, Restaurant ›Lutece‹, Sexshop ›PleasureChest‹...«

»Tja, schauen wir uns doch mal die Telefonrechnung an. Wir können sehen, ob er irgendwelche komischen Telefonate oder regelmäßige Ferngespräche geführt hat. Das ist eine gute Quelle für Spuren.«

»Lillian, woher weißt du diese Sachen?«

»Ich lese in meiner Mittagspause Kriminalromane. Drei pro Woche.«

»Die Seifenoper der berufstätigen Frau.«

»Sophie, sei nicht so hochnäsig. Manche davon sind wirklich gut. Es geht darin um alle möglichen aktuellen Probleme. Es gibt sogar einen schwulen Detektiv. Es gibt Krimis über Stadtsanierung und Kapitalismus und all das Zeug, das du magst – nur daß es menschlich ist, und deshalb gefällt es mir.«

Wir sahen uns die Telefonrechnungen an. Das war eine gute Idee. Seymour rief offenbar jeden Dienstag um ein Uhr nachmittags dieselbe Nummer in Elizabeth, New Jersey, an. Eindeutig eine Spur. Dann gab es da noch eine Nummer in Westchester, die mir vage bekannt vorkam, aber das geht mir mit allen Telefonnummern so.

»Okay, Sherlock, was kommt als nächstes?«

»Nun ja, laut King James –«

»Erzähl mir nicht, du liest in der Kaffeepause die Bibel.«

»Nein, King James ist einer meiner Lieblings-Krimiautoren. Er hat so etwa zweihundert Bücher geschrieben. Na jedenfalls, seine Detektive sind echte Profis. Sie wissen immer genau, was als nächstes zu tun ist. Sie sind cool und waghalsig.«

»Okay, hab' schon verstanden.« Manchmal war ich froh, daß Lillian nach drei Tagen wieder nach Hause fuhr.

»Sophie, warum bist du auf diesem Macho-Trip, so knallhart sein zu müssen wie Spencer Tracy? Du machst so ein großes

Getue mit all diesen unvernünftigen Erwartungen, und dann kannst du nicht mal verhindern, daß ein Schlappi wie Evan auf dir herumtrampelt.«

Allmählich wurde ich ärgerlich. »Ich möchte nicht darüber reden.«

»Tja, das überrascht mich nicht.«

Schon gut, ich weiß, daß ich fies bin. Ich mag einfach nicht über Dinge reden, schon gar nicht über Beziehungen. Andere Punkte auf der Themenliste, über die ich nicht gern rede, sind meine Charakterfehler, die Arbeiterschaft, Psychoanalyse, Sartre, wann eine ihre Wäsche gewaschen hat und was es zum Frühstück gab. Und Haareschneiden.

Seymour hatte einige Kontoauszüge, auf denen eine Reihe von Einzahlungen aufgeführt waren. Manche waren mit Rotstift angestrichen. FICK DICH INS KNIE PETER POPE DU ARSCHLOCH war in die Ecke eines Auszugs gekritzelt. Ich machte mir eine gedankliche Notiz.

»Du denkst also, Seymour könnte was gegen Katholiken haben?«

»Ich weiß nicht, Sophie, sieh dir das hier an. Seymour hat einen Absagebrief von der Zeitschrift *Esquire* gekriegt. ›Lieber Mr. Epstein, leider muß ich Ihnen mitteilen, daß wir Ihnen keinen Vorschuß auf einen Artikel über die White-Plains-Affäre anbieten können. Falls Sie das Manuskript fertigstellen sollten, schicken Sie uns doch bitte ein Exemplar. Der von Ihnen ausgewählte Titel *Eine Wolfe im Wolfspelz* ist übrigens ausgezeichnet.‹«

»Dieser Arschficker.«

»Na, na, Sophie.«

»Naja, kannst du dir das vorstellen – klaut mir einfach den Titel ... Der muß doch denken, kein Mensch liest die *Feminist News*. Aber da wird er sich noch umschauen, er stielt nämlich zufällig vom Alexander Cockburn der feministischen Presse. Wenn das alles hier vorüber ist, werd' ich ihn verklagen, und dann ist er alles los, was er hat: die Wohnung, seine Lederjacke...«

»Oh mein Gott.« Lillian starrte auf den Inhalt von Seymours kleiner Metallkassette.

»Was ist denn?«

Schweigend zog Lillian eine kleine Plastiktüte heraus. Es dauerte einen Moment, bis ich begriff, daß das feine weiße Puder kein Waschpulver war. Kokain; meine Nase fing an zu laufen.

Wunderbare hundert Gramm Kokain. So viele Male in meinem kurzen Leben bin ich schon nach einem langen Tag mit einem langweiligen Job oder einem langen Tag ohne einen langweiligen Job nach Hause gekommen, hab' mir Sorgen wegen dem Geld gemacht und von der Papiertüte geträumt, die auf der Straße liegt und einen Kokain-Schatz birgt. Wenn ich nachts von meinem Job im Altersheim nach Hause ging, hab' ich immer einen schwarzen Wagen herbeiphantasiert, der mit quietschenden Reifen um die Ecke biegt und in die Nacht davonbraust, während Kugeln aus den Fenstern fliegen und ein anderer schwarzer Wagen immer mehr aufholt. Sie knallen aufeinander, und eine kleine Aktentasche fliegt aus dem Kofferraum, aber sie merken nichts und rasen weiter durch die Straßen der dunklen Stadt. Arglos schlendere ich hinüber zu der Aktentasche, lasse das Zahlenschloß aufschnappen und entdecke Beutel über Beutel voll mit Kokain. Manchmal kommt in dieser Phantasie auch Bargeld vor. Dann muß ich mir darüber klarwerden, was ich damit machen soll. Da ich weiß, daß neunzig Prozent der Bevölkerung von New York City für so viel Kokain jemanden umbringen würden, möchte ich es schnellstens loswerden. Ich gebe mich mit einer Million in bar zufrieden, einem Bruchteil des Straßenwertes, und schmeiße eine große Party, bei der ich Pennern haufenweise besten Stoff spendiere. »Sag nicht, ich hätte nie was für dich getan«, würde ich knurren und irgendeinem fiesen kriminellen Typen eine Tüte Manieren zuwerfen.

»Erde an Sophie.«

»Hmmmm?«

»Sieh mal, Soph, ich weiß, es ist verlockend, aber ich glaube wirklich, wir sollten das jetzt nicht anfassen. Du weißt einfach nicht, was passieren wird. Ich denke mal, wir sollten es in die Kassette zurücktun und eine Weile warten, bis wir sicher sind, daß alles okay ist.«

»Oder wir können es jetzt sniefen, und danach wird alles okay sein.«

»Sophie, nur für den Fall der Fälle.«

Also stimmte ich unwillig zu. Wir verschlossen die Kassette mit dem Vorhängeschloß von meiner Fenstersicherung, und Lillian nahm den Schlüssel an sich. Bevor wir sie wegstellten, beschloß ich, noch einen letzten Blick hineinzuwerfen, und bemerkte einen kleinen Koks-Löffel. Es war ein Souvenirlöffel, so wie es sie an der Freiheitsstatue zu kaufen gibt. Die Porzellanmulde war in Silber gefaßt und trug eine handgemalte Darstellung des Schiefen Turms von Pisa. Der Stiel war aus Silberfiligran gearbeitet, sorgfältig zu einem Baum geflochten, mit kleinen Kupferfiguren, die herumtollende Bauern darstellten. Am Stielende befand sich die winzige silberne Büste eines glatzköpfigen Mannes, dessen Mund offenstand. In eine Porzellanplakette war sein Name eingraviert – Galileo.

ZWÖLF

Am späten Montagmorgen fanden sie Seymours Leiche mit dem Bauch nach oben im Hudson River. Die Polizisten waren schockiert beim Anblick eines Hundertdreißig-Kilo-Mannes mit einer ledernen Gesichtsmaske, einen Lederriemen straff um den Hals gebunden und die Handgelenke auf dem Rücken in Handschellen gelegt. Um seine Wasserleiche herum dümpelten Flüssigwaschmittel-Flaschen, die mit Plastikstreifen von Sixpacks zusammengebunden waren. Die *New York Post* vermutete eine BRUTALE SEX-SEKTE. Der Wachmann, Mukul Garg, hatte der *Post* erzählt, daß Epstein oft so gekleidet nach Hause gekommen war. Er erinnerte sich, daß ein junger Weißer in einer Lederjacke mit Seymour hereingekommen, fünfzehn Minuten geblieben und dann hinausgerannt war. Die Polizei brach eine abgeschlossene Tür in der Wohnung auf und entdeckte Stereoanlagen, Küchenmaschinen und noch mehr heiße Ware. Seymore war ein Hehler gewesen.

Ich denke, ich kann zu Recht behaupten, daß Angst mir durch den Körper jagte wie der Verkehr auf dem FDR Drive und all meine Kreuzungen blockierte. Die erste Stunde über war ich in der heftigsten Panik meines Mittelklasse-Lebens. Zuerst packte ich alle meine Bücher ein. Dann packte ich alles wieder aus, außer meinen feministischen Büchern. Dann packte ich alles wieder ein, außer meinen feministischen Gedichtbänden, und dann wurde mir klar, daß Ein- und Auspacken mich kein Stück weiterbrachte.

Meine nächste Reaktion war, daß ich Eva anrufen wollte. Eva war meine erste feste Freundin gewesen. Wir waren schon in der Unterstufe befreundet, und in der neunten Klasse, im Frühling, verliebten wir uns ineinander. Nie ging uns der Stoff zum Reden aus. Wir saßen in jeder Unterrichtsstunde nebeneinander und verbrachten die Nachmittage damit, Diät-Cola zu trinken und Maischips mit Dip zu essen. An den Wochenenden gingen wir ins Kino. *Persona*, *Schreie und Flüstern*, *Die Geschichte der Adèle H.*; wir sahen uns in jeder Hauptrolle, solange jede ihre eigene Sprache sprach. Danach verabschiedeten wir uns tränenreich am Grand-Central-Bahnhof, ich machte mich auf den Rückweg nach Manhattan, und sie nahm die Sieben heim nach Elmhurst. Nachts, wenn unsere Eltern eingeschlafen waren, hingen wir am Telefon, bis wir vor Erschöpfung umfielen, und dann trafen wir uns am nächsten Morgen zum Kaffeetrinken und um heimlich Zigaretten zu rauchen. Immer Marlboros.

Es war die leidenschaftlichste, lustbetonteste, liebevollste, schönste Erfahrung meines Lebens, und es war vorbei, ehe ich auch nur alt genug war, um wählen zu gehen. Das letzte Mal liebten wir uns in der Nacht des Stromausfalls in New York City. Zwei Jahre später heiratete sie. Die Hochzeit kam für mich einer chirurgischen Nasenkorrektur gleich. Eva, auf der Schwelle zum Jura-Studium, strahlte am Arm von Eddie Weinblatt, der vor kurzem sein BWL-Examen in Brandeis gemacht hatte. Die Nelken waren mit Sprühfarbe blau gefärbt, und die Band spielte *Windmills of Your Mind*, während die beiden zum Altar schritten. Beim Hochzeitsempfang betrank ich mich wie eine Kranke, bis alle Gäste mir als ein großer wütender Mob erschienen. Als wir ein Liebespaar waren, mußten wir alles geheimhalten, aber weil er ein Mann ist, kriegen sie eine Party. Nach drei Whiskey Sours wurde mir schlecht, und ich verließ das Fest noch vor der Kraftbrühe mit Eierstich.

Als wir uns das letzte Mal zufällig trafen, trug sie einen knöchellangen Fuchspelzmantel. Einmal, etwa vor einem Jahr, rief ich sie spontan an. Ihr Hausmädchen ging ans Telefon und entpuppte sich als alte Bekannte, mit der zusammen ich mal im »Brew and Burger« gekellnert hatte.

»Mrs. Weinblatt« war im Urlaub »in den Hamptons.«

Aber wie dem auch sei, Eva war die beste Freundin, die ich

je gehabt hatte, und immer, wenn ich eine beste Freundin brauchte, brauchte ich sie. Allerdings hat mein Selbstbetrug auch Grenzen. Ich wußte, daß es sie nicht amüsieren würde zu hören, daß ich in den Mord an einem linken Journalisten mit möglichen Verbindungen zur Bandenkriminalität verstrickt war, an den ich mich in einer Schwulen- und Leder-Bar herangemacht hatte, als Mann verkleidet, mit ausgepolsterter Hose. Nein, sie anzurufen schien irgendwie nicht ganz das Richtige.

In diesem Moment klingelte das Telefon. Ich wußte, das konnte nur die Polizei sein. Ich hockte in der Falle. Es gab keinen Ausweg. Wahrscheinlich hatten sie den ganzen Block mit Scharfschützen umstellt. In diesem Augenblick reichten sie vielleicht gerade meiner Mutter das Megaphon, damit sie mich beschwor, aufzugeben. »Sophie, Sophie, kannst du mich hören, du Nichtsnutz?«

»Sie werden mich niemals lebend kriegen, Ma.«

»Sophie, wie kannst du deinem Vater und mir das antun? Wir sind das Gespött der ganzen Nachbarschaft. Mach uns nicht noch mehr Ärger. Wenn du rauskommst wie ein braves Mädchen, ohne Schwierigkeiten zu machen, wenn wir vielleicht unsere Namen ändern, dann wird sich in zehn oder zwanzig Jahren niemand mehr erinnern.«

Ich entschied, daß es besser war, ans Telefon zu gehen – sonst würden sie vielleicht reingestürmt kommen und wild um sich feuern. »Hallo.«

»Hallo Sophie.«

»Ja.«

»Hier ist Vivian Beck. Du erinnerst dich doch an mich, oder? Wir haben uns neulich in Soho so nett unterhalten.«

»Klar, Vivian. Wie geht's?«

»Mir geht's gut. Wie geht's dir?«

»Gut, sehr gut, ich sitze hier, nichts Besonderes geht ab, alles ist cool, friedlich, keine Probleme, eben so ein typischer fauler Nachmittag.«

»Das ist schön.«

»Also, was kann ich für dich tun, Vivian?«

»Naja, diese kleine Unterhaltung, die wir neulich hatten, hat mir wirklich Spaß gemacht, und ich glaube, ich hätte vielleicht noch ein paar Erinnerungen, die dir bei deiner Story helfen könnten. Das heißt, falls du noch Interesse hast.«

»Klar.«

»Also – sollen wir uns diese Woche irgendwann mal treffen? Ich dachte, Donnerstag wär' vielleicht ein guter Tag. Nachmittags?«

»Jaja, prima. Du unterrichtest doch am Hunter College, oder?«

»Ja, genau.«

»Also, dann treff' ich dich um drei vor dem Marine-Denkmal auf der Fifth Avenue.«

»Prima.«

»Na, dann bis dann. War nett, dich zu sprechen, Vivian.«

Was soll's, wenn mich die Bullen vor Donnerstag schnappen würden, konnte Vivian es ja in der *New York Post* nachlesen. Ich setzte mich auf die Couch. Ich wußte, daß ich eine Bilanz meines Lebens ziehen sollte, denn es war so gut wie gelaufen. Vielleicht hatte ich Glück und würde dreißig Jahre kriegen. Bei guter Führung würde ich nach zwanzig draußen sein. Das Leben fängt sowieso erst mit vierzig an. Eins war sicher, mit Evan in der Wohnung konnte ich mich nicht konzentrieren. Er hörte wieder Schallplatten. Es war so laut, daß in der Küche das Besteck zitterte. Irgendwer sollte diesen Jungen wegen Mißbrauchs von Stereoanlagen verklagen. Als erstes würde ich stundenlang Bob Dylan zu hören kriegen, dann Leonard Cohen, dann Phil Ochs, dann Neil Young, dann wieder Bob Dylan. Lillian nennt es Musik für zornige junge Männer. Es war die einzige Musik, die ihm gefiel. Ich fragte mich allmählich, warum ich Evan erlaubte dazubleiben. Mit Pflichtbewußtsein hatte es jedenfalls schon lange nichts mehr zu tun.

Aber ich mußte zugeben, daß Evan, abgesehen von seinen ekelhaften Lebensgewohnheiten, eine perverse Eigenschaft hatte, für die ich ihn irgendwie mochte. Unsere Selbstwahrnehmung variierte innerhalb derselben Bandbreite: Entweder wir waren alles, oder wir waren nichts. Andere Möglichkeiten gab es nicht. Jedenfalls hatte ich das Gefühl, daß mein Leben verglichen mit Evan erfolgreich verlief.

»Hörst du denn nie was anderes? Hier, versuch's mal mit dieser Betty-Carter-LP.«

»Ich mag keinen Jazz.«

»Wie kannst du sagen ›Ich mag keinen Jazz‹? Was ist das bloß für ein Kommentar?«

Ich spöttelte, schimpfte und tobte, aber seine mittelwestliche Apathie war schwer zu erschüttern. Er war so erfüllt von sich selbst und voll unvernünftiger Erwartungen nach New York gekommen. Na, ich wußte, was passieren würde. Es war immer das gleiche alte Syndrom, ich hatte es schon millionenmal gesehen. New York ist ein toller Ort zum Leben, wenn du etwas tust, und der falsche Ort zum Leben, wenn du nichts tust. Es verschluckt dich mit Haut und Haar, und du verschwindest für immer in einer Wohnung oder einem Job oder einer Bar. Sogar wenn du den Mut und die Intelligenz und das Glück hast, wieder rauszukommen, wirst du nie mehr dieselbe sein, denn du weißt dein ganzes Leben lang, daß du in New York versagt hast. Evan lag zerschmettert am Boden des Abgrunds.

»Sieh mal, Evan, du sitzt immer nur in dieser Wohnung und rauchst Fünf-Dollar-Tütchen und hörst dir immer und immer wieder dieselben Platten an. Warum bist du in New York? Was willst du hier? Okay, du hast es also nicht geschafft, ins Musikgeschäft einzusteigen. Aber das ist doch noch nicht alles. Das hier ist der schönste Platz auf Erden. Geh spazieren, schau dir die Leute an, mach Entdeckungsreisen, öffne dich, nimm Gitarrenstunden.«

»Ich kann schon Gitarre spielen.«

Und so saß er weiter da und drehte sich einen weiteren Joint aus einem weiteren Fünf-Dollar-Tütchen. Früher oder später würden ihm die Fünf-Dollar-Scheine ausgehen, dann, so nahm ich an, würde er wohl heimfahren. In der Zwischenzeit brauchte ich etwas frische Luft, um meinen Kopf klar zu kriegen. Ich setzte meine schwarze Sonnenbrille auf und machte mich auf den Weg die Second Avenue entlang, durch die Lower Eastside.

Meine Augen füllten sich mit Tränen, als ich die vertrauten Gebäude betrachtete. Wie schön sie waren. Bald würde ich weg sein, im Untergrund. Meine Leute, werde ich euch je wiedersehen? Der kalte Angstschweiß verwandelte sich allmählich in eine Gänsehaut der Erregung. Ich würde die Nachbarschaft vermissen, meine Freundinnen und Freunde, die Leute, die auf den Haustreppen herumhingen und billiges Malzbier tranken, aber ich hatte keine andere Wahl. Wenn ich mit meiner Arbeit weitermachen wollte, war dies die einzige Lösung. Besser frei sein und mit dem Wind umherziehen, als den Rest meines Lebens im Gefängnis verbringen. In den Untergrund abtauchen. Mein Bild würde Germaines an den Wänden der Postämter überall im Land ersetzen. Junge Mütter würden ihren Töchtern zuflüstern: »Da, eine Heldin.« Von einem Unterschlupf zum nächsten würden sich Leute auf meine Ankunft vorbereiten. »Sophie kommt«, würden sie einander wissend zunicken.

Die Beleuchtung veränderte sich. Moment mal, Arschloch, wach auf. Das ist doch lächerlich. Ich habe keiner Menschenseele was getan. Ich hab' einfach mein Leben damit verbracht, eine bürgerliche Feministin zu sein. Nein, die einsame Wölfin spielen, das ist nichts für mich. Es würde ein einsames Leben sein. Ein anonymes Leben. Von Stadt zu Stadt ziehen, auf Güterzügen mitfahren, hier auf einer Ölbohrplattform, dort in einem Holiday Inn arbeiten. Für den Rest meines Lebens würde ich eine Frau ohne Namen sein, eine Herrscherin ohne Reich, eine Fremde in einem fremden Land. Zuerst würde ich nach Montreal trampen, an meiner linken Hand zum Schutz einen Ehering. Ich würde sagen, mein Mann sei bei der Army. Die Trucker würden mir ihre Army-Geschichten erzählen. Dann würde ich auf einen Tanker aufspringen, der nach Deutschland fährt, wo ich den Rest meines Lebens unter falschem Namen leben würde. Ich probierte Decknamen aus: Emma Goldman. Nein, zu offensichtlich ... Emma Goldstein.

Als junges Mädchen war ich mit meiner Großmutter durch diese Straße gegangen, auf dem Weg ins Jiddische Theater, um *Der Dybbuk* oder *Yoshe Kalb* zu sehen. Sie hielt meine Hand fest umklammert, während wir am »Fillmore East«* vorbeihasteten, wo barfüßige junge Leute mit bemalten Gesichtern saßen und über jede Nichtigkeit lachten. Hinterher gingen wir immer Kasha varnishkas** essen, im »Ratner's Dairy Restaurant«, wo es für jeden Tisch einen ganzen Korb voll Zwiebel- und Roggenbrötchen umsonst gab. All diese Erinnerungen machten mich hungrig. Wenn ich schon in den Untergrund gehen mußte, sollte ich mir zumindest noch einen kleinen Leckerbissen gönnen. Ich machte einen Abstecher zum »B and H Dairy«, um eine gute Knish*** zu essen. Das »B and H« war das einzige Restaurant, in dem sie das Essen noch nicht in der Mikrowelle aufwärmten. Tränen liefen mir über die Wangen und tropften in ein Glas kaltes Shav**** mit saurer Sahne.

Während ich heimwärts stolperte, erblickte ich auf der Ankündigungstafel des St. Mark's-Kinos ein gutes Omen: Ein Double Feature, zwei Maria-Schneider-Filme hintereinander. Welche Wonne. Ich würde alles für diese Frau tun, alles. Ich würde für sie sogar zwei Stunden Marlon Brando und zwei Stunden Jack Nickolson über mich ergehen lassen. In Lesbenkreisen kursiert das Gerücht, daß, während sie den *Letzten Tango in Paris* drehte, ihre Freundin wegen der Sex-Szenen hysterisch geworden sei und einen Nervenzusammenbruch erlitten habe. Maria, an Kummer gewöhnt und treu, zog in die psychiatrische Klinik, um in der Nähe ihrer Liebsten zu sein,

---

* Fillmore East: In den 60ern *der* Rock-'n'-Roll-Palast in New York.

** Kasha varnishka: Buchweizenküchlein.

*** Knish: heiße Kartoffeltasche.

**** Schav: kalte Suppe mit Sauerampfer.

und verließ sie nur, um zum Drehort zu fahren. Naja, vermutlich hatte das im *People Magazine* gestanden. Schon gut, vielleicht stimmt es nicht ganz, aber es ist Stoff für eine tolle Story.

Als die Filme aus waren, sah ich um einiges klarer. Als ich meine Schritte noch einmal nachvollzog, konnte ich kaum mehr glauben, daß ich geschnappt werden würde. Die einzigen, die mich wirklich gut hatten sehen können, waren Seymour und Mukul Garg. Mukul war kein Problem. Nur Lillian wußte um unsere wahren Absichten, und Melonie glaubte, daß ich ihre Spielsachen für ein bißchen verbotenen Spaß benutzt hatte. Ich mußte jetzt nur professionell vorgehen. Wenn ich jemals bei einer der großen Tageszeitungen landen wollte, mußte ich alles daransetzen, weitere Knüller-Stories zu bekommen. Mir in Untergrund-Kreisen einen Namen machen. Ich mußte meine kleinlichen Ängste beiseite schieben, mein Ego im Zaum halten und diesen Krimi enträtseln. Wer hat Seymour Epstein umgebracht? Wo ist Germaine Covington? Und was ist mit Laura Wolfe?

VIERZEHN

Am Dienstagmorgen wachte ich vom Geklapper einer Schreibmaschine im Haus gegenüber auf. Es hatte vor etwa drei Wochen angefangen. Ich vermutete, daß eine andere Schriftstellerin in den Block eingezogen war, und ich empfand ein warmes Gefühl der Kameradschaft. Manchmal tippten wir morgens im Duett, unsere unterschiedlichen Rhythmen vereinigten sich zu einer Sinfonie der Produktivität.

Während ich bei einem Glas Tee und einem Gummibrötchen allmählich wach wurde, wählte ich die Nummer in Elizabeth, New Jersey. Es klingelte siebenmal.

»Hallo«, rief ich.

»Sie haben die Nummer einer Telefonzelle gewählt.«

»Wo?«

»An der Ecke Elizabeth Avenue und Broad Street, neben Schulman's Bekleidungsgeschäft, gegenüber vom Gerichtsgebäude.«

Die vertraute Nummer in Westchester war besetzt, also zündete ich mir eine Winston an und beschloß, am Nachmittag mit dem Bus nach Elizabeth zu fahren und mir das Ein-Uhr-Telefonat anzuschauen. Es konnte interessant werden, zu sehen, wer da auf einen Anruf wartete. Ich würde es herausfinden. Ich probierte gerade schwarze T-Shirts an, als das Telefon klingelte.

»Soph – wo bist du gewesen? Ich versuch' dich schon die ganze Zeit anzurufen. Dad ist auf der Straße umgekippt.« Es war mein Bruder Lou. »Es ist nichts Ernstes, er kommt bald wieder nach Hause, aber die Familie ist immer noch ziemlich aus dem Häuschen. Er war einfach auf dem Weg zum Zahnarzt und ist vor der Notaufnahme der Uniklinik ohnmächtig geworden. Sie haben ihm ein Zimmer im zwölften Stock gegeben, um ein paar Untersuchungen zu machen. Mom möchte unbedingt, daß du vorbeikommst. Ich glaube, das solltest du auch.

Sie hat mir gesagt, ich soll dich anrufen. Ich denke, sie wird sich anständig benehmen, Sophie. Ich kann's nicht versprechen, aber ich denke schon.«

Seufz. Ich wußte, es würde nicht leicht werden. Aber als Tochter meiner Mutter lasten familiäre Pflichten schwer auf meinem Gewissen.

Ich fuhr in meine Klamotten, hetzte sechs Stockwerke runter und stolperte dabei über die drei Penner, die sich neuerdings auf meiner Haustreppe häuslich eingerichtet hatten. Sie gluck-sten vor Lachen, während ich Richtung U-Bahn preschte.

Ich verabscheute solche familiären Notfälle. Ich verabscheute überhaupt jeden Kontakt mit der Familie, außer natürlich mit Lou. Er ist immer cool gewesen. Aber bei meinen Eltern war schon lange Hopfen und Malz verloren. Seit mir klar war, daß unsere gegenseitige Mißbilligung nicht bloß eine Phase war, hatte ich jede erdenkliche Strategie ausprobiert, um einen Waf-fenstillstand zu erreichen.

Ich hatte es mit Kämpfen versucht: »Nur weil ich nicht nach Israel gehen will, bin ich noch lange keine ›mich selbst hassende Jüdin‹.«

Ich hatte es mit Argumentieren versucht: »Wie könnt ihr be-haupten, es sei widernatürlich – seht ihr denn nicht, daß Sexualität ein soziales Konstrukt ist?«

»Laß mich mit deinen sozialen Konstrukten in Frieden«, sagte meine Mutter in solchen Fällen. »Ich will nichts mehr von sozialen Konstrukten hören«, pflegte mein Vater zu sagen.

»Du bist eine Psychopathin«, schrie dann meine Mutter. »Du bist wie eine Drogensüchtige. Alles, was du willst, ist dein nächster Schuß. Du trägst deine Probleme vor dir her wie ein Spruchband auf der Fifth Avenue.«

Als mein Artikel »Eine jüdische Lesbe meldet sich zu Wort« in einer progressiven Zeitschrift erschien, drohten meine Eltern damit, ihr Geschäft zu verkaufen und nach New Hampshire zu ziehen. »Da kennt uns wenigstens niemand«, sagten sie.

Eines Tages wurde mir bewußt, daß ich sie nicht liebte. Das war, als sie mich wieder mal verletzt hatten, und es kam nicht überraschend für mich. Eigentlich hatte ich es sogar erwartet. Das Leben ist leichter geworden, seit ich einen Maßstab für diese Dinge habe.

Letztes Jahr habe ich im Spätprogramm eine Radio-Talkshow moderiert, von Mitternacht bis 3 Uhr früh; so eine Sendung, bei der die Leute anrufen können. Drei Stunden lang rief zwischen Übermittlern von Nachrichten aus dem All, einer Frau, die miaute, Leuten, die sich verwählt hatten, fantasierenden Betrunkenen und Nazis immer wieder ein älterer Mann mit osteuropäischem Akzent an.

»Bringt alle Homosexuellen um.« Dann legte er auf. Er hat bestimmt zwanzigmal angerufen.

Eine Woche später war ich auf der Hochzeit einer lubuvitischen Kusine, Rivke, in Crown Heights. Im selben Jahr geboren wie ich, wurde sie mit Hilfe einer Heiratsvermittlerin mit einem Talmud-Schüler aus Israel verheiratet, den sie am Tag vor der Hochzeit zum ersten Mal traf. Er war ein teigiger, verbitterter und blasser junger Mann mit dicken Brillengläsern. Er war einer von diesen orthodoxen Jungs, die von dem Moment an studieren, wo sie aufrecht auf einem Stuhl sitzen können. Sie mußte sich für die Hochzeit den Kopf scheren und trug die traditionelle Perücke der verheirateten Frau. Am nächsten Tag sollten die beiden nach Israel abfliegen. Auf dem Fest nach dem Gottesdienst tanzten die Männer miteinander, wie es dem leidenschaftlichen Temperament der lubuvitischen Juden entspricht. Das Herumwirbeln, Springen und Treten dauerte Stunden. Sogar mein Vater tanzte auf dem Tisch. Weitab in einer Ecke stand ich, die ewige Beobachterin in ihrer Tarnkleidung: dem Kleid meiner Mutter und den Stiefeln meiner Schwester. Zumindest hätte ich hier mit den Frauen tanzen können, denn gemischt zu tanzen ist verboten, was zum Teil darin begründet liegt, daß Frauen von Natur aus unrein sind, aber ich wußte, daß ich trotzdem nicht ganz hierher paßte. Ein großer Mann mit einem langen Bart kam, um sich mit mir zu unterhalten. Überraschend muskulös für einen Schriftgelehrten, lächelte er breit und zeigt seine gelben Zähne.

»Sophela, ich hab' dich neulich nachts im Radio gehört.«

Er lächelte wieder.

Ich sah ihn an.

Er sah mich an.

Das war das Ende meiner Suche nach meinen Wurzeln.

Jetzt, wo das Herbstwetter allmählich kühl wurde, hatten sie in der U-Bahn endlich die Heizung abgeschaltet. Die meisten Fenster standen offen und ließen sich nicht schließen. Die Fahrgäste saßen einzeln, zusammen in der grauen Langeweile. Ich holte tief Luft, als die U-Bahn in die Station Dreiunddreißigste Straße einfuhr.

FÜNFZEHN

Ich fühlte, wie mich ein leichtes Frösteln überfiel, als ich im Krankenhaus auf den Fahrstuhl wartete. Es ist nicht der Judaismus, der mir zu schaffen macht, in Wirklichkeit ist es die Familie. In meinem Kopf sind das zwei getrennte Dinge. Der Judaismus und ich, wir haben letztes Jahr Frieden geschlossen, als ich einen Artikel über Frauen, Orthodoxie und Abtreibung schrieb. Muffin, meine Fotografin, wie ich eine jüdische Lesbe, wenn auch ein bißchen angepaßter, beschloß, daß wir etwas Feldforschung betreiben sollten. Also bereiteten wir uns eines Samstagmorgens pflichtbewußt darauf vor, Gott zu begegnen.

Mit langen Ärmeln, in langen Röcken und dunklen Strümpfen und mit Tüchern um den Kopf machten wir uns auf den Weg zur Synagoge an der Eldridge Street. Von osteuropäischen jüdischen Einwanderern erbaut, zählte sie mal tausende von Leuten zu ihrer Gemeinde. Jetzt versuchten ihre zwanzig bezahlten Gemeindemitglieder zu verhindern, daß das Dach über den italienischen Wänden, den Kirchenbänken aus Walnußholz und den Gaslampen aus mundgeblasenem Glas einstürzte.

Die alten Kirchendiener wiesen uns an, uns nach hinten zu setzen, in die Ecke. Wir waren die einzigen Frauen. Dann zogen sie den Vorhang zu. Keinen leichten, zarten Spitzenvorhang zwischen den Geschlechtern, sondern einen schweren, schmutzigen braunen Vorhang aus Segeltuch, der uns von den Männern, dem Tempel, dem Gottesdienst und von Gott abschnitt. Als das Eröffnungsgebet begann, machten wir es uns gemütlich. Zuerst zogen wir unsere Kopftücher ab, dann die Schuhe aus. Als uns – wie wohl schon etlichen Frauen vor uns – bewußt wurde, daß die alten Männer, während sie vor sich hin beteten, nicht wußten und sich auch nicht darum kümmerten, was wir taten, lächelten wir uns an. Ich legte meine Hand auf Muffins Bein und zog ihr den Rock ganz hoch. Wir kannten uns nicht besonders gut, aber ich spürte, daß es ihr Spaß machen würde – diese private Kommunikation mit Gott. Es würde ein Spiel werden. Muffin und Sophie bei ihrem ersten Rendezvous. Sie starrte geradeaus, als würde nichts geschehen, aber mit einem breiten Lächeln auf dem Gesicht. Genau wie Andy Feldman im achten Schuljahr streckte sie sich und gähnte und legte schließlich den Arm um meine Schultern, glitt Zentimeter für Zentimeter tiefer unter meine Bluse, immer näher zu meiner linken Brust. Ein interessanter Moment, zwei erwachsene Lesben, die in der Synagoge sitzen und versuchen, sich in Stimmung zu bringen. In Nullkommanichts hatte sie mein Hemd aufgeknöpft wie ein Profi und versuchte, meinen BH aufzuhaken.

»Warte – laß mich das machen«, flüsterte ich.

»Hör zu, ich mach' das öfter, ich weiß, wie das geht.«

Oh nein, das würde alles ruinieren. Jeder Mensch hat irgendeine schrullige Eigenart, ein geheimes Schandmal, und bei mir ist es der BH. Na schön, ich trage also diese altmodischen mit Bügeln und drei Reihen Haken. Bin halt so gebaut. Meine Mutter hat nicht die Modezeitschriften konsultiert, als sie mich gemacht hat. Und es ist mir keine große Hilfe, wenn Lillian meine BHs »deine Erste-Weltkriegs-Unterwäsche« nennt. Ich zog ihn selbst aus. Meine Brüste fühlten sich toll an in der kühlen Luft.

Muffin war gelenkig und dunkelhäutig. Die Art Frau, mit der es meine Großmutter wahrscheinlich auf den Kartoffeläckern Litauens getrieben hat. Breit grinsend kam sie heran und setzte sich auf meinen Schoß, mit dem Gesicht zu mir. Sie ließ ihr Hemd auf den Boden fallen, berührte meine Brüste mit ihren eigenen und rieb ihre weichen, weichen Wangen an meinem Gesicht. Ihr Gesicht und ihre Brüste fühlten sich an wie ein und dieselbe Haut. Wir wiegten uns vor und zurück, während sie mein Gesicht abschleckte, zuerst mit sabbrig nassen Leckbewegungen über meinen Augen. Dann kamen kleine

Küsse, eine Kombination von Bissen und langen romantischen Küssen, die dich tief drinnen ein klein wenig sterben lassen. Ich beugte mein Gesicht zu der Spalte zwischen ihren Brüsten hinunter, wollte noch etwas von diesem fruchtigen, wachsartigen Geruch aufsaugen. Ich erregte sie, meine Spezialität, indem ich meinen Mund trocken über ihre Brustwarze legte, leicht hineinbiß, dabei aber die Zunge wegließ, und überraschte sie dann mit ganz langsamem, nassem Lecken und Kreisen. Ich spürte, wie es zwischen meinen Lippen hart wurde, während sich Muffin mit mir zu den gemurmelten Gebeten der alten Männer bewegte. Als sie nach unten faßte, um das Haar zwischen meinen Schenkeln zu streicheln, war meine Hand hinten unter ihrem Rock. Der monotone Sprechgesang hallte durch die große, luftige Synagoge. Licht flutete durch die zerbröckelnden Buntglasfenster herein und ließ die weichen Härchen auf Muffins Haut aufleuchten. Alles war kühl, leicht und prickelnd, als würden wir durchs Wasser schweben. Als sie ihren Körper dichter an meinen preßte, spürte ich, wie sie sich entspannte, und ich faßte in ihren Körper hinein, glitt über ihr Arschloch, ihre Vagina und ihre glitschige Klitoris, zuerst mit einem Finger, dann mit zweien, dann dreien.

»Scheiße.«

»Was ist los?«

»Sophie, das ist das letzte Gebet. Ich weiß das noch aus der Sonntagsschule in Hewlitt, der Gottesdienst ist gleich vorbei, verdammter Mist, beeil dich und zieh dich an.«

Wir dankten den Kirchendienern für diese Gelegenheit, die nicht mit Gold zu bezahlen war.

»Es war eine religiöse Erfahrung«, sagte Muffin.

»Das hoffe ich sehr.« Er lächelte und lud uns ein, wiederzukommen. Jederzeit.

Später fühlte ich mich richtig gut; ich hatte meinen Platz im Judaismus gefunden: hinter dem Vorhang mit Frauen schlafen. Nicht perfekt, aber auch nicht schlecht. Was Muffin anging, so reichte ich meine Story ein und sie ihre Fotos. Sie hat mir auch einen kleinen Gutschein für ein zweites Mal geschickt, den ich immer noch in meinem Schreibtisch habe.

SECHZEHN

Als ich das Krankenhauszimmer betrat, war ich mit meinen Gedanken woanders und vergaß, mich auf die feindseligen Gesichter meiner Mutter und meiner Schwester vorzubereiten. Lou grinste aus einer Ecke.

»Hallo Dad, wie geht's dir? Ich hab' gehört, daß es dir in letzter Zeit nicht allzu gut ging.«

Er sagte kein Wort.

»Hallo Dad, wie geht's?«

Mom nahm seine Hand. »Lenny, ich weiß, es ist eine Schande mit ihr, aber du solltest sie wenigstens begrüßen.«

Nichts.

»Lenny, iß ein paar Trauben. Ich hab' sie gekauft und gewaschen. Sie haben einen Dollar und neunundsiebzig Cents gekostet, iß sie, sie sind frisch.«

Mein Vater saß da und starrte vor sich hin, seine Augen leicht glasig; sein rechter Zeigefinger hing unsicher in seinem Mundwinkel. Es war dieser Sonntagnachmittag-Footballspiel-Gesichtsausdruck.

»Also wie ich schon sagte«, fuhr meine Mutter fort. »Cousine Edith heiratet nächsten Monat einen sehr netten Jungen, er ist im Computergeschäft, und Sophie, du sollst wissen, daß mein schönes Hochzeitskleid, das ich all die Jahre für dich aufgehoben habe, mein Hochzeitsgeschenk für sie sein wird.« Sie betonte das »sie«. »Unnötig, ein solches Kleid verkommen zu lassen.«

Finsterer Blick.

»Aber Momma«, quengelte Amy, »was ist mit meiner Hochzeit? Ich könnte dein Kleid bei meiner Hochzeit tragen.«

»Amy, sag bloß, du heiratest auch.« Ich war immer die letzte, die so etwas erfuhr.

»Naja, nicht jetzt sofort, aber auf jeden Fall, bevor ich

vierundzwanzig bin. Da bin ich mir sicher. Wie alt bist du jetzt, Sophie?«

Sie nervte mich. Immer. Lou und ich fragten uns oft laut, wie Amy zwanzig Jahre lang hatte leben und funktionieren können, ohne je eine Meinung oder einen Gedanken von sich zu geben.

»Ja, Schätzchen, du wirst eine entzückende Hochzeit haben, mit Brautjungfern und frischen Blumen.«

»Wie viele Gäste kann ich einladen?« Amy lächelte süß. Mir wurde schlecht.

»Soviele du willst. Du bist immer ein braves Mädchen gewesen.« Lächeln. »Nicht wie deine Schwester.« Finsterer Blick.

»Hey Ma, warum kann ich dein Kleid nicht anziehen, wenn ich heirate?« Lou grinste aus der Ecke. Der Junge versteht sich in Pose zu werfen.

Sie ignorierte seinen Kommentar, während ich ihm ein warmes Dankeschön-Lächeln zublitzte.

»Sophie, warum legst du dir nicht anständige Kleidung zu, statt dich immer wie ein Mann anzuziehen?«

»Ma, sehe ich für dich wirklich wie ein Mann aus? Sieh mich an.« Ich streckte die Brust raus.

»Sophie, sei nicht unverschämt.« Sie wandte sich wieder an Dad. »Myras Tochter hat gerade summa cum laude ihren Abschluß in Radcliffe gemacht. Sie wird einen Harvard-Jungen aus einer jüdischen Familie aus Colorado heiraten, ausgerechnet. Sie sind im Ölgeschäft. Hast du jemals gehört, daß Juden im Ölgeschäft sind? Er macht seinen Doktor in höherer Teilchenphysik, Gott weiß, was das ist. Mrs. Long auf unserem Stockwerk – ihr Sohn hat gerade seinen Abschluß an der juristischen Fakultät von Columbia gemacht, und er hat als einundzwanzigster seines Jahrgangs abgeschlossen. Stevie Levy, du erinnerst dich, sein Vater war dein Physiklehrer, Sophie – tja, er hat gerade ein Fulbright-Stipendium in Rom bekommen, wo er Architekturgeschichte studiert. Was für ein entzückender Junge. Ich weiß noch, wie er drei Blocks weit mit dem Fahrrad gefahren kam, um dir eine Karte zum Valentinstag zu bringen. Weißt du nicht mehr? Er sah so gut aus.«

»Ach«, sagte ich.

»Sophia, kannst du nicht etwas respektvoller sein?«

»Bitte, Ma, laß uns jetzt nicht davon anfangen, okay? Ich kann in einem Krankenhauszimmer nicht mit dir streiten, also halt dich ein paar Stunden zurück, dann kannst du mich anrufen und übers Telefon beschimpfen.«

»Erzähl du mir nicht, was ich zu tun habe. Dein Problem ist, du hast nie akzeptiert, daß du eine Frau bist. Dein Vater sagt, es ist alles meine Schuld, weil ich dich mitgenommen habe, um Martin Luther King zu sehen, und daß du dir so oft den Kopf angestoßen hast, als du klein warst, diese Sache mit der Homosexualität, meine ich. Du denkst nie an uns, wie peinlich es wäre, wenn die Familie in Israel davon erfahren würde. Du denkst immer nur an dein eigenes Leben.«

»Ma –«

»Außerdem, sieh dir deinen armen Vater an, er kann nichts allein tun.«

»Ma, er ist immer so. Außerdem tut er nie etwas allein, er kann nicht mal den Tisch decken.«

»Nun, er kann teilweise den Tisch decken. Er weiß, wo die Gabeln hinkommen.«

Das Gespräch war zu Ende.

Lou und ich düsten los Richtung Elizabeth, New Jersey, in seinem 1961er Ford Falcon.

»Ich weiß es echt zu schätzen, daß du mich da hinfährst, Bruderherz. Ich muß ein bißchen Lokalkolorit einfangen, für einen Artikel, den ich schreibe, über Kleinstädte in New Jersey und ihre Straßenecken.«

»Logo.«

Lou ist wirklich ein prima Typ für einen Siebzehnjährigen im Amerika des Jahres 1982. Er hängt sich nicht gern allzu tief in Dinge rein, hauptsächlich, weil er so gutherzig ist, er erträgt es nicht, sich mit der Wirklichkeit auseinanderzusetzen, die hart ist. Meistens ist sie das. Er hat auch eine Vorstellung vom Krieg der Geschlechter, und zwar eine bessere als die meisten anderen sterblichen Männer. Leider weiß er das auch, was ihn gelegentlich unausstehlich macht.

»Hey Lou, wie ist deine neue Freundin?« Ich dachte, das wäre eine gute, typische Frage für eine ältere Schwester.

»Sie ist okay. Und deine?«

»Auch okay.«

Wir fuhren an der Budweiser-Brauerei vorbei Richtung Elizabeth, auch so eine sterbende amerikanische Stadt.

»Sie ist okay, Soph, bis auf eine Sache. Sie schläft mit ihrem Bruder.«

»Oh.«

»Ich meine, sie mag mich, aber ihn liebt sie.«

Wir saßen eine Weile schweigend da. Ich erinnerte mich daran, daß ich einmal eine Einladung angenommen hatte, in Staten Island eine Rede darüber zu halten, wie es ist, eine Lesbe zu sein, und warum die Leute die Gesetzesvorlage zur Gleichstellung von Homosexuellen unterstützen sollten. Als ich mit meinem Vortrag fertig war und mich auf die üblichen Fragen einstellte, wie zum Beispiel »Treiben Sie es mit Tieren?«, stand eine Frau auf und sagte: »Ich hab' noch nie einen Orgasmus gehabt. Wie soll ich da meinen Kindern was über Sex erzählen?«

Ich dachte einen Moment nach und antwortete dann im Tonfall der feministischen Version des Ritters in schimmernder Rüstung: »Erzählen Sie ihnen, was Sie gerade mir erzählt haben. Erzählen Sie ihnen die Wahrheit darüber, was Sie wissen und was Sie nicht wissen. Sprechen Sie aus Ihrer wirklichen Erfahrung. Das ist die hilfreichste Information, die Sie Ihren Kindern mitgeben können.« Das Publikum hatte wild applaudiert.

»Lou, ich weiß nicht recht, was ich sagen soll.«

»Das hatte ich auch nicht erwartet.«

Wir würden zu spät kommen. Es machte mich wahnsinnig. Ich kann es nicht ertragen, auch nur eine Sekunde zu spät zu kommen, weder zu einem Film noch zu einem Kurs oder wenn ich mich mit einer Freundin treffe, niemals. Mir ist dann die ganze Woche vergällt. »Kannst du nicht schneller fahren?«

»Nein, Soph, oder zahlst du den Strafzettel?«

Ich lehnte mich in meinem Sitz zurück und kaute auf einer Virginia Slim herum.

Wir bogen vom Highway auf die Elizabeth Avenue ab. Vor hundert Jahren war diese Stadt eins der Zentren des Ku-Klux-Klan im armen Norden. Später kamen Juden hierher, der Lower Eastside entflohen, und eröffneten kleine Betriebe. Heute bewohnen Schwarze und Hispanoamerikaner diesen Flecken im Herzen des Leukämie-Gürtels, in Windrichtung der Asbestfabriken im Norden New Jerseys. Wir fuhren an einem schäbigen Kino vorbei, in dem *Die fünf Finger des Todes* und *Die Gore-Gore-Girls* lief, bis zu der Telefonzelle an der Ecke.

Die Uhr am Gerichtsgebäude zeigte 13:05. Scheiße. Wir warteten noch ein paar Minuten, aber nach dem, was ich bereits über die Art von Leuten wußte, mit denen sich Seymour umgeben hatte, kamen sie nie zu spät. In diesen fünf Minuten war Wer-auch-immer wahrscheinlich gekommen und gegangen. Das heißt, wenn die Person die Nachricht von Seymours Ermordung noch nicht gehört hatte. Das heißt, wenn sie die Nachricht über Seymours Ermordung nicht verursacht hatte.

Deprimiert schlug ich Lou vor, daß wir uns was zu essen besorgen sollten. Wir fuhren eine Weile rum, bis klar wurde, daß, falls es in dieser Stadt jemals einen Lebensmittelladen gegeben hatte, dieser nicht mehr da war. Wir fuhren zu einem »Pizza Hut« und bestellten. Während wir bei Pizza mit Pilzen und Sprite saßen, kamen wir ins Quatschen. Ich schnorrte eine Mentholzigarette von der Kassiererin.

»Hey Soph, laß uns Videospiele spielen gehen.«

»Ich will nicht.«

»Weißt du was, Sophie, mir ist was an dir aufgefallen. Du magst keine Veränderungen. Du willst das gleiche Essen essen und die gleichen Bücher lesen und die gleichen Spiele spielen, die du schon immer gespielt hast. Du willst nie irgendwas Modernes tun, wie Disco-Roller-Skating oder Videospiele spielen.«

»Das ist nicht wahr. Ich bin sehr up-to-date, ich bin hip, ich weiß, was abgeht, das muß ich auch in meinem Job. Was wäre ich denn für eine Reporterin, wenn ich nicht total das Ohr am Puls der Zeit hätte?«

Wir wählten Ms. Pac-Man, das war für uns beide was. Zuerst steckst du einen Vierteldollar rein, und dann singt der Computer eine kleine mechanische Erkennungsmelodie. Plötzlich erscheint Ms. Pac-Man auf dem elektronischen Schirm. Sie ist in einem Irrgarten. Sie muß so viele kleine blaue Punkte verschlingen, wie sie kann, bevor die Monster sie schnappen. Es ist gesellschaftlicher Realismus zum Thema Frauen und Überessen. In ungefähr dreißig Sekunden hatten mich die Monster dreimal geschnappt, und Lou war dran.

»Das ist alles, was du für einen Vierteldollar kriegst? Was für 'ne Beutelschneiderei.«

»Nein Soph, du machst es bloß nicht richtig – schau.«

Wie ein Profi manövrierte mein kleiner Bruder Ms. Pac-Man rein und raus, sie machte blitzschnelle Ausweichsprünge, schlängelte sich an Hindernissen vorbei. Er brauchte seine volle Konzentration, aber sie fraß die ganzen kleinen Punkte.

»Was passiert jetzt?«

»Paß auf.«

Es gab eine Pause. Wir hörten wieder die Erkennungsmelodie, und dann erschienen Ms. Pac-Man und eine neue Figur.

»Wer ist das?«

»Das ist Mister Pac-Man. Sie werden heiraten.«

Und schon verschmolzen die beiden kleinen Pac-Leute und vermehrten sich zu Miniatur-Pac-ettchen.

»Ich halt's nicht aus, Zwangs-Heterosexualität, wo du hinschaust.«

Ich setzte mich und wartete, daß Lou fertig wurde. »Lou, du hast Mozzarella am Ohr.«

»Die Kids stehen total auf diese Spiele, Soph. Manche Kids in meiner Schule sind süchtig danach. Sie spielen zwölf Stunden am Tag Videospiele. Sie schwänzen die Schule und klauen Geld, bloß damit sie Videospiele spielen können.«

»Was ist eigentlich mit Basketball? Lou, wenn du nicht anfängst, diese normalen Teenager-Sachen zu tun, wirst du vorzeitig glatzköpfig und fett werden.«

»Glatzköpfig, findest du, daß ich eine Glatze kriege?«

»Nein, Dummchen, keine Sorge, das war nur eine leere Drohung.«

»Außerdem, Soph, gibt es wichtigere Dinge, über die ich nachdenken muß.«

»Was denn zum Beispiel?«

»Zum Beispiel Herpes.«

Ich bestellte mir noch eine Sprite. Lou bestellte sich noch eine Pizza. Er ist ein Junge im Wachstum.

Auf der Damentoilette wusch ich mir Hände und Gesicht

und versuchte, die Tomatensoße aus meinem Hemd rauszubekommen. Ich ließ mir die Fortsetzung dieser merkwürdigen Geschichte durch den Kopf gehen. Es lief nicht gerade großartig. Ich starrte mich im Spiegel an. Hier bin ich, eine vierundzwanzigjährige Lesbe. Ich machte eine Bestandsaufnahme: braunes Haar, braune Augen, volle, jüdische Lippen, genau wie Ethel Rosenberg. Die meisten Freundinnen aus meiner Teenie-Zeit sind verheiratet oder machen eine Ausbildung oder arbeiten zumindest von neun bis fünf und würden mir gegenüber ganz bestimmt kein Wort darüber verlieren.

Die Zeiten sind hart. Sie sind schon immer für die meisten Leute hart gewesen, und bei meiner Art zu leben werden sie es für mich auch immer sein. Wird es mir je gelingen, einen anständigen Lebensunterhalt zu verdienen, hübsche Kleider zu haben und immer frisch gekämmt zu sein? Werde ich den Rest meines Lebens damit verbringen, Frauen hinterherzulaufen, die ich nicht kriege, und Storys, die kein Mensch zu würdigen weiß?

»Ich liebe Ihre Artikel«, hat mal eine Frau auf einer Party zu mir gesagt, »aber sie sind so lang, daß ich nie über den vierten Absatz hinauskomme. Fünf Absätze genügen, um jeden beliebigen Sachverhalt zu erklären. Finden Sie nicht?«

»Oh«, sagte ich.

Mir wurde zunehmend bewußt, daß mich im Spiegel eine anschaute. Ich hielt den Blick ihres Spiegelbildes fest.

»Hallo Sophie.«

Diese brutalen, grauen, blitzenden Augen, diese Prolo-Schuhe, dieses Palästinensertuch. Es gab keinen Zweifel.

»Germaine.« Ich brachte es kaum heraus.

»Du hältst dich für eine ganz heiße Nummer, was, Sophie?«

»Germaine, was machst du denn hier bei Pizza Hut? Bist du dem FBI entkommen? Ich dachte, du wärst im Staatsgefängnis.«

»Zeigt nur, was für eine Detektivin du bist. Wir sind dir von der Telefonzelle aus hierher gefolgt. Du bist eine Weile rumgefahren und hast versucht, uns abzuschütteln, stimmt's? Versuch nicht, mich abzuschütteln, Sophie.«

»Ich war nur auf der Suche nach einem Roggenbrötchen mit Corned Beef. Was meinst du damit, wir sind dir gefolgt? Wer ist wir?«

»Wir haben dich beobachtet, wie du in diesem fleckigen schwarzen T-Shirt rumgeschlichen bist wie Sam Spade und dich lächerlich gemacht hast.«

Die Zeit hatte Germaine Covington nicht verändert. »Hör mir zu, Sophie. Du pfuschst hier mit etwas rum, das eine Nummer zu groß für dich ist. Wir wissen, daß du Seymour Epstein umgebracht hast, und wenn du dich nicht aus unseren Angelegenheiten raushältst, werden wir nicht die einzigen bleiben, die es wissen.«

»Warte mal...«

Sie wartete. Ich wußte nicht, was ich sagen sollte, das Timing dieser Frau war tadellos, und ich steckte ernsthaft in Schwierigkeiten. Jeder Idiot konnte sich das an fünf Fingern abzählen. Ich versuchte, gewitzt zu sein. »Warte mal, Germaine. Woher soll ich wissen, daß nicht du es warst? Ich weiß, daß ich es nicht war. Woher hast du eigentlich diese ganzen Informationen?«

Ich konnte mich nicht entscheiden – sollte ich versuchen, die Coole zu spielen, oder sollte ich auf die Knie fallen und um Gnade betteln. Irgendwas an ihr brachte dich soweit, das tun zu wollen.

»Warte, Germaine, ich sollte dich das nicht fragen. Ich meine, du bist eine Frau, die zwölf Jahre im Untergrund war. Als ich mir meinen ersten Übungs-BH gekauft habe, bist du in China und Kuba und Nordvietnam herumgereist – du hast überlebt, du bist stark.«

Sie war wirklich großartig, auch wenn sie eine blöde Schnepfe war. Beides ließ sich nicht leugnen. Und diese grauen Augen blitzten wirklich, genau wie Seymour in seinem Artikel in der *Voice* geschrieben hatte. Er mußte wohl doch mit ihr gesprochen haben.

»Ach, sei nicht so naiv, Sophie, das ist nicht so toll, wie du denkst. Liest du denn nicht den *Rolling Stone*? Jahrelang Angst haben, falsche Papiere, keine Möglichkeit, neue Leute kennenzulernen, sich in gewisser Weise verpflichten, sich als Person nicht weiterzuentwickeln, nur als politisches Individuum. Warten, hoffen, alles geben, um eine Bewegung aufzubauen, und zusehen, wie diese Bewegung in sich zusammenfällt und das Leben der Menschen genauso hart bleibt wie vorher. Ihr ganzes Vertrauen in die Möglichkeit einer Veränderung zu enttäuschen. Unsere Rechnungen pünktlich bezahlen, Angst haben, du könntest bei Rot über die Ampel gehen. Findest du, daß das romantisch klingt?«

»Nein, wohl nicht.«

Ich sah sie noch einmal an. Ihre Augen waren müde. Ihr Haar hatte graue Strähnen, aber nicht allzu viele.

»Germaine, bitte erzähl mir, was hier gespielt wird. Bist du dem FBI entkommen? Warst du überhaupt in der Bank?«

»Denk doch mal eine Minute nach, Sophie. Das tut doch eigentlich gar nichts mehr zur Sache, oder?«

»Ich blick's nicht.«

»Auch wenn du was anderes denkst, weiß doch der ganze Rest von Amerika, daß Germaine Covington tot ist. Sie starb im Gefängnis an einer Überdosis Drogen, selbst verabreicht, natürlich.«

»Also?«

»Also bin ich jetzt frei, es ist vorbei. Ich kann gehen, wohin ich will, und leben, wie ich will. Germaine ist tot, und ich brauche deine Hilfe, damit es dabei bleibt. Sophie, vergiß diese Geschichte, laß mich in Frieden sterben.«

Ich sah sie an, spürte etwas zwischen uns und fragte mich, ob sie überhaupt was spürte. Diese Germaine – sie wußte genau, wie sie es anstellen mußte, um ihren Willen zu kriegen. Das war gekonnt.

»Du hast mein Wort, Germaine. Ich werd' dich nicht verraten.

Deine Geschichte ist bei mir sicher.« Ich hatte das Gefühl, in den Sonnenuntergang hineinzureiten.

Sie trocknete sich mit einem Papierhandtuch die Hände ab und ging in eine freie Kabine.

»Aber, Germaine, erzähl mir nur eins.« Ich sprach durch die geschlossene Tür. »Wer hat Seymour Epstein umgebracht? Rein aus persönlicher Neugier natürlich. Was ist in der Bank passiert, und wo ist eigentlich Laura Wolfe?«

Es kam keine Antwort. Ich schaute unter der Tür durch. Keine Füße. Ich kroch hinein. Das Fenster stand offen. Sie war weg.

ACHTZEHN

Als ich an diesem Nachmittag nach Hause kam, sah ich aus, als hätte ich im Spiegel mein eigenes Gespenst erblickt. Die drei Penner saßen immer noch auf meiner Haustreppe. Während ich nach meinen Schlüsseln kramte, hob einer von ihnen den Kopf.

»Miss Horowitz?«

»Ja?«

»Wir sind vom FBI.« Er gluckste nicht.

Und so kam es, daß ich schließlich allein mit drei FBI-Agenten, die als übelriechende Penner verkleidet waren, in meiner Mansarde im sechsten Stock saß. Naja, ich war nicht ganz allein. Evan war natürlich da, aber er saß einfach nur in der Ecke und riß sich mitten auf dem Kopf die Haare aus. Die Agenten schritten in meinem Wohnzimmer auf und ab. Es mißt etwa drei Meter mal dreisechzig, mit ihren New-England-Eliteschulschritten konnten sie also ohne weiteres etwa zwei Schritte in jede Richtung machen.

»Miss Horowitz. Wir haben Informationen, eine unterschriebene eidesstattliche Erklärung von Frances Mary Marino, daß Sie in engem Kontakt zu erklärten Gegnern des demokratischen Systems stehen.«

Also hatten die Mistkerle meine Kellnerin gefunden.

»Wir wissen, daß Sie Informationen zurückhalten, die für die Sicherheit und den Schutz Ihrer amerikanischen Mitbürger von größter Wichtigkeit sind.«

Ich versuchte ihn mir vorzustellen, wie er es mit einem zwölfjährigen Jungen trieb.

»Nun, Miss Horowitz. Sie können wie eine gute Staatsbürgerin mit uns zusammenarbeiten und uns erzählen, was Sie wissen.«

Eine gute Staatsbürgerin. Das hatte einen vage vertrauten Klang. Bei den Pfadfinderinnen hatte ich mir als Fahnenträgerin einen Anstecker mit dem Aufdruck »Gute Staatsbürgerin« verdient, indem ich den Treueschwur auf die Verfassung aufsagte und lernte, wie eine eingeholte Flagge ordnungsgemäß zusammengelegt und verbrannt wird. Die letztgenannte Fähigkeit war manchmal ganz praktisch. Wir mußten die vier Grundfreiheiten auswendig lernen, Redefreiheit, Religionsfreiheit, Pressefreiheit...

»Ich bin Reporterin, und meine Notizen stehen unter dem Schutz der Pressefreiheit.«

»Miss Horowitz, tut mir leid, daß ich Sie enttäuschen muß, aber wir spielen hier keine Spielchen. Also warum behalten Sie diesen liberalen Scheißdreck nicht einfach für sich.«

»Ich bin keine Liberale.«

»Eine Bank ist ausgeraubt worden. Eine der an dem Vorfall beteiligten Frauen ist zur Zeit flüchtig. Wir haben Grund zu der Annahme, daß Sie Informationen über ihren Aufenthaltsort haben.«

»Ich glaube, ich muß meine Anwältin anrufen.«

Sie setzten sich hin und warteten. Drei FBI-Männer, nebeneinander auf meinen Second-hand-Futon gequetscht. Über ihren Köpfen hing ein Poster mit der Aufschrift *Wir feiern die Amazonen*, auf dem das Lesbische Kunst- und Musik-Festival des Mittleren Westens angekündigt wurde.

Ich kannte zwei Anwältinnen. Die eine war Barbara Hubbard, die landesweit bekannte feministische Anwältin. Sie war schön, eine engagierte Frau mit einem Kopf voll grauer, blauer, schwarzer dicker Haare, die aussahen wie ein stürmischer Ozean. Als die Kämpfe länger und härter wurden, wirkte sie zunehmend erschöpft. Sie saß dann wie in Trance in den Versammlungen, mit einem matten, einstudierten Lächeln auf dem Gesicht. Eine starke Frau, deren Engagement für verlorene Fälle sie als Mensch unzugänglich gemacht hatte. Es ließ sie jenseits aller belanglosen menschlichen Konflikte existieren und in gewisser Weise darüberstehen. Die einzige andere

Anwältin, die ich kannte, war Eva. In der elften Klasse, als wir es im Mädchenklo miteinander trieben, hatte sie mir versprochen, daß ich immer auf sie zählen könnte. »Ob Frühling, Sommer, Herbst oder Winter, ruf an, und ich werde da sein!« hatte sie mir in mein High-School-Jahrbuch geschrieben.

Im Hintergrund hörte ich Evan mit den Agenten reden. »WOW, sind Sie wirklich beim FBI? Wie kommt man denn da rein? Muß man eine Prüfung machen? Ich bin ziemlich klug, wissen Sie, ich war früher mal ein Wunderkind.« Ich beschloß, ihn so bald wie möglich an die Luft zu setzen.

Das Telefon tutete zweimal, es war nach sechs, sie war sicher zu Hause und machte für ihr Hasilein das Abendessen.

»Eva, hier ist Sophie. Bitte leg nicht auf. Hier auf meinem Futon sitzen drei FBI-Männer, und ich brauche eine Anwältin, und du bist die einzige, die ich kenne. Ich will nicht, daß du denkst, ich hätte irgendwas Unrechtes getan...«

»Ich bin schon im Bilde. Ich arbeite jetzt für den Bezirksstaatsanwalt von Westchester, für Peter Pope. Sie werden dir eine Vorladung vor das große Geschworenengericht geben, sobald du den Telefonhörer auflegst. Ich rate dir, ihnen alles zu erzählen. Wenn du nichts zu verbergen hast, dann verbirg auch nichts. Ruf mich nicht mehr an. Und Sophie, werd erwachsen.«

Ich stand da und stieß zum Freizeichen rhythmische Ja-Laute aus. Es hatte eine beruhigende Wirkung, das Tuten, das dem Klicken folgt, das ein unangenehmes Gespräch beendet. Ich sann über die Geheimnisse des Lebens nach: Meine Exfreundin ist ein Polizeispitzel. Ich stehe kurz davor, wegen Informationen ins Gefängnis zu kommen, die ich nicht habe. Peter Pope, der Name auf Seymours Kontoauszügen, ist der Bezirksstaatsanwalt von Westchester. Ist das Leben nicht so voller Überraschungen, daß du kotzen könntest?

»Meine Anwältin sagt, ich muß Ihre Fragen nicht beantworten.«

Sie überreichten mir die Vorladung und gingen.

Manchmal bringt dich das Leben zum Lachen. Manchmal bringt dich das Leben zum Weinen. Manchmal bringt dich das Leben dazu, daß dir übel wird. Das hier war so ein Fall.

Ich ging ins Bad. Natürlich hatte Evan auf dem Fußboden und auf der ganzen Klobrille Pisse hinterlassen. War es nicht Aufgabe der Väter, ihren Söhnen solche Sachen beizubringen? »Hier, kleiner Evan-Wevan, zuerst klappst du die Brille hoch, und dann hältst du deinen kleinen Piepmatz so, daß dein Pipi nicht ins Leben aller anderen Leute fließt.«

Evan putzte sich die Nase und ließ die Taschentücher auf dem Fußboden liegen.

Ich ging ins Wohnzimmer. Ich setzte mich auf den Stuhl. Ich schrie, so laut ich konnte: »Ich hab' die Schnauze gestrichen voll von dir, du dummes, ekelhaftes Arschloch, blöder Kotzbrocken, Idiot. Du widerlicher FBI-Freund, du den Fußboden bepinkelndes, Ketchup schlürfendes Arschgesicht, du riechst eklig und du bist häßlich und du stinkst. Verschwinde aus meinem Haus, und komm nie wieder – hast du gehört?«

Evan wußte nicht, was er tun sollte. Er hielt den Kopf still, deutete in meine Richtung, öffnete den Mund zu einer angstvollen Grimasse und ließ die Augen auf der Suche nach einem Ausweg hin- und herschießen. Dann sackte er auf seinem Stuhl in sich zusammen und fing an zu weinen. Der Rotz tropfte ihm aus der Nase, während seine Schluchzer immer bekümmerter wurden. Er wischte sich die Nase an den Gardinen ab. Ich nahm einen Zug von einer Salem Light. Ich erwog, auf Menthol umzusteigen.

Okay, ich hatte also Angst. Es ist gar nicht so schlimm, versteinert vor Angst zu sein. Es ist gut für mich, so starke Gefühle zu haben. Warum sollte ich keine Todesangst haben? Ich mußte die Dinge in den Griff bekommen. Ich mußte eine Anwältin finden. Ich mußte mich beruhigen. Was würde mich beruhigen? Vielleicht sollte ich daran denken, was ich diese Woche vorhatte. Am Donnerstag würde ich Vivian sehen. Das würde bestimmt nett werden. ich hatte irgendwie eine Schwäche für sie. Aber das war am Donnerstag, heute war Dienstag. Was konnte ich tun, um mich von diesem ganzen Ärger abzulenken? Ich konnte ein Buch lesen. Ich schaute meine Bücher an. *Im Dritten Reich*, das war ein gutes Buch. Ich konnte noch einen Blick in Seymours Papiere werfen.

Die Kontoauszüge lagen ganz oben auf dem Stapel. Sie waren von der White-Plains-Bank und wiesen eine Serie von kleinen, aber regelmäßigen Überweisungen aus. Keine war höher als fünfhundert Dollar. Aber schließlich läppern sich die Pennys doch zusammen. Der Kontostand schien sich aber bei fünfundsiebzig Dollar einzupendeln. Genug für Seymour, um sich mit Leder, Koks, Jungs und noch mehr einzudecken. Ich konnte mich nicht auf das Beweismaterial konzentrieren. Das verdammte Getippe von gegenüber ging mir allmählich auf die Nerven. Ich zog ins Wohnzimmer um und ging die Zeitungsausschnitte an meinen Wänden durch. Jawohl, da stand es, in der *Times*:

> Peter Pope, Bezirksstaatsanwalt von Westchester, führte bei der Anklageerhebung gegen Miss Covington persönlich den Vorsitz.

Ich wette, daß er das getan hat. Das hier waren vielleicht die aus der Bank gestohlenen Unterlagen. Ganz schön raffiniert. Ich goß mir ein dunkles Spaten ein und ging die Abfolge der Ereignisse durch. Aber dieses Getippe, es ging mir wirklich auf den Geist. Nervte mich. Es passierte gerade so viel. Ich brauchte Raum zum Nachdenken.

Evan war fertig mit Weinen und kochte jetzt in der Küche irgendeinen übelriechenden Fraß zusammen. Sein häßliches Gesicht war puterrot. Der Geruch kroch mir ins Gehirn. Das

Getippe von gegenüber hämmerte auf mich ein, die Bob-Dylan-Musik im Hintergrund, Evan in meiner Küche – ich konnte es einfach keine Minute länger ertragen. Ich lief zum Fenster.

»Können Sie nicht mal mit dem Scheißgetippe aufhören!«

Es hörte auf. Ich zündete mir eine Zigarette an. Das Telefon klingelte.

»Miss Horowitz?« Es war eine nette, alte Stimme.

»Ja?«

»Hallo, Miss Horowitz. Ich fürchte, ich bin die Schuldige mit dem Tippen. Ich denke, vielleicht, wenn Sie nicht zu beschäftigt sind, dann könnten Sie doch auf 'nen Sprung rüberkommen, und wir könnten die Sache weiter besprechen, ein bißchen Tee trinken und ein wenig plaudern.«

»Schauen Sie, es tut mir leid, daß ich Sie angebrüllt habe, ich bin sicher, daß Sie sehr nett sind, aber ich hab' 'nen schlechten Tag gehabt und kann mich nur schwer konzentrieren.«

»Ich weiß, daß Sie einen schwierigen Nachmittag hinter sich haben«, erwiderte sie mitfühlend. »Was für ein Jammer, daß diese drei Polizisten draußen vor Ihrem Haus auf Sie gewartet haben. Sie müssen furchtbar durcheinander sein.«

»Woher wußten Sie, daß es Polizisten waren? Woher wußten Sie, daß sie keine Penner waren?«

»Meine Liebe, mir fiel einfach ihre gesunde Gesichtsfarbe auf. Wie nach einem Skiwochenende in Vail. Sie hatten eine gute Figur, überhaupt nicht unterernährt wie diese armen Burschen, die wir in letzter Zeit so häufig zu sehen bekommen. Außerdem, Miss Horowitz...«

»Ja?«

»Sie wirkten immer betrunken, aber sie haben nie was anderes getrunken als Kaffee. Nur dagesessen und gegluckst wie kleine Kinder.«

»Ich komme sofort rüber, Mrs. ...«

»Noseworthy.«

»Ich komme sofort rüber.«

ZWANZIG

»Kommen Sie doch rein, Miss Horowitz. Ich wollte Sie wirklich gern kennenlernen.

»Oh, lesen Sie die *Feminist News*?«

»Nein, nein, um Himmels Willen, nein.«

Sie war, was soll ich sagen, eine kleine alte Dame. Nicht zu alt, aber trotzdem alt. Ihr Haar war grau, ihr Gesicht war faltig, ihr Kleid bedeckte die Knie. Ihre Wohnung war mit Büchern vollgestopft. Tausenden von Büchern. In den Regalen, auf den Tischen und Stühlen und auf dem Fußboden. Und keins von diesen Büchern kam mir bekannt vor. Es waren alles Taschenbücher, wie sie Frauen in der U-Bahn lesen, mit merkwürdigen Titeln wie *Mord auf der Herrentoilette*. Dann waren da noch andere Bücher, wie sie Mechaniker in ihrer hinteren Hosentasche herumtragen oder Physikstudenten heimlich unter der Bettdecke lesen, mit Titeln wie *Bulika, Häuptling der Trayulen*.

»Sind wir uns schon mal begegnet?«

»Nein, meine Liebe. Ich habe nur ein paar sehr nette Leute in Ihre Wohnung gehen und herauskommen sehen. Sie scheinen gute, liebenswürdige Freundinnen und Freunde zu haben, die immer fröhlich aussehen. Alle außer diesem armseligen kleinen Bastard, der in Ihrer Küche schläft.«

Ich sah aus ihrem Fenster direkt in meine Wohnung. Ihre lag ein Stockwerk höher, ich konnte sie von meiner aus also nicht einsehen.

»Möchten Sie Tee?«

»Hätten Sie vielleicht zufällig was Stärkeres da? Ich hab' einen harten Tag gehabt.«

»Old Grand Dad?«

Das war ein Volltreffer. Sie war doch eine nette Lady, auch wenn sie ein bißchen neugierig war. Hatte wahrscheinlich den ganzen Tag nichts anderes zu tun, als diese Schundromane zu lesen. Mir fiel auf, daß ein ganzes Regal voller Bücher von King James war, diesem Autor, den Lillian so gern mochte.

»Sie mögen King James, nicht wahr?«

»Ich bin King James.«

Sie lächelte, und ich fing ihr vergnügtes Augenzwinkern auf. »Sophie, ich weiß, das überrascht Sie ein bißchen, aber unterschätzen Sie mich nicht, weil ich graue Haare habe. Wir müssen nicht machohaft sein, um stark zu sein. Ich schreibe seit über vierzig Jahren Science Fiction, Krimis und Fantasy-Romane. Sieben Stunden am Tag, sechs Tage in der Woche. Jetzt arbeite ich gerade an meinem fünfhundertfünfundzwanzigsten Roman. Wird wohl sogar ein recht guter. Nun, Sophie, ich weiß, daß Sie in irgendwelche Schwierigkeiten geraten sind, und lassen Sie mich fürs Protokoll hinzufügen, daß ich mich zwar nicht sehr oft mit Politik befasse, daß ich aber die Regierung ziemlich unangenehm finde und die einzelnen Menschen, aus denen sie besteht, mehr oder weniger auch. Ich nehme also an, daß Sie, wenn einer von diesen gräßlichen Männern Sie belästigt, möglicherweise, wie man so sagt, etwas Gutes tun.«

Also erzählte ich ihr die Geschichte. Ich brauchte sowieso eine, mit der ich darüber reden konnte, und sie schien die Richtige zu sein. Ich erzählte ihr die ganze Geschichte von der Radiomeldung im Key-Food-Supermarkt bis zu Germaines Erscheinen bei »Pizza Hut«, und all die blutrünstigen Einzelheiten dazwischen. Sie saß die ganze Zeit ruhig da, schaukelte in ihrem Schaukelstuhl und streichelte ihrer Katze den Nacken. Ich schloß mit Seymours Papieren, lehnte mich erschöpft zurück und nahm mir die Freiheit, mir noch etwas Old Grand Dad einzugießen.

»Also, was meinen Sie?«

Sie nahm ihre Brille ab und legte sie auf den Couchtisch. »Sophie, ich meine, daß Sie eine gute und mutige junge Frau sind, aber unglücklicherweise sind Sie eine Amateurin. Sie haben einen ganz wichtigen Hinweis übersehen.«

»Ist nicht auszuschließen.«

»Nun, falls dieser Kerl, dieser Seymour, und diese Type, diese Germaine, sowie ihre arme unglückselige Zweitbesetzung und der Bezirksstaatsanwalt, Mister Pope, alle, sagen wir mal, unter einer Decke stecken, müssen wir herausfinden, warum. Warum sollte Mister Pope mit einer so unappetitlichen Figur zusammenarbeiten wie Mister Epstein. Die Antwort liegt, glaube ich, in dem Versteck mit gestohlener Ware, das nach dem Mord in der Wohnung gefunden wurde. Wenn Seymour das war, was man gemeinhin als Hehler bezeichnet, dann muß er diese Ware ja irgendwoher bekommen haben. Germaine wäre nicht die richtige Person dafür, zu riskant für eine Frau in ihrer Lage – aber wer könnte wohl besser an Diebesgut herankommen als ein Bezirksstaatsanwalt? Verstehen Sie?«

Ich verstand.

»Ich nehme an, Mr. Pope hatte das Gefühl, daß der Augenblick der Abrechnung für ihn gekommen war oder sowas, und er mußte unbedingt alle Belege von Überweisungen vernichten, die ihn mit Mister Epstein in Verbindung bringen könnten. Also planten sie einen Banküberfall, dessen Ermittlungen praktischerweise vom –«

»Vom Bezirksstaatsanwalt geleitet würden, natürlich. Das würde eine tolle Story abgeben. Wie kann ich ihn überführen, Mrs. Noseworthy? Können Sie mir helfen?«

»Ach – Sophie, das hier ist einer der Fälle, in denen die *sagesse* des Alters wertvolles Kapital darstellt. Sie müssen sich selbst ein paar Fragen stellen, Sophia. Sie müssen sich zunächst fragen, warum.«

»Warum?«

»Warum wollen Sie Mister Pope entlarven? Was wird Ihnen das für Ihr eigenes Leben bringen? Welche neuen Erkenntnisse wird es Ihnen schenken? Wollen Sie wirklich eine von den Autorinnen sein, die Politiker entlarven und über langweilige Verbrechen und Korruption schreiben?«

Ich blickte zu Boden.

»Ich dachte mir, daß Sie das nicht wollen. Oder wollen Sie über die beliebig austauschbaren Tatsachen des täglichen Lebens hinausgehen und die höheren moralischen Probleme menschlicher Pflichten, Sehnsüchte und Fähigkeiten festhalten und beschreiben? Sehen Sie, Sophia, Ihr Interesse ist auf Laura Wolfe gerichtet, weil etwas in ihrer Geschichte an Ihre eigenen Erfahrungen rührt. Das kann ich gut verstehen. Nach Laura Wolfe zu suchen, das ist eine ganz persönliche Reise für Sie, und ich rate Ihnen, sie fortzusetzen. Ich würde mich allerdings vor diesem Gentleman in acht nehmen, dem asiatischen Arzt, der so hilfsbereit zu sein scheint. Kein Bezirksstaatsanwalt hat die Macht, einen Arzt zu zwingen, gegen sein medizinisches Urteil einer Patientin Thorazin zu spritzen, zumindest nicht in einem öffentlichen Krankenhaus. Das gibt es einfach nicht. Ich fürchte, Dr. Tsang hat Ihnen irreführende Informationen gegeben.«

»Naja, Mrs. Noseworthy, Ihre Ideen sind gut und schön, was Seymour und den Staatsanwalt betrifft, aber Henry kenne ich gut. Vielleicht verdrängt er das Gefühl, unverantwortlich gehandelt zu haben, aber ich glaube nicht, daß er mich bewußt an der Nase herumführen würde.«

»Sophie, niemand hat für jede Situation die richtige Antwort. Sogar Henrietta Bell, meine größte Detektivin, macht Fehler. Hier ist eins von ihren Abenteuern. Ich hoffe, es gefällt Ihnen. Ich wünsche Ihnen alles, alles Gute und beschwöre Sie, wohlüberlegt zu urteilen. Was mich angeht, so fürchte ich, ich muß jetzt zurück an meine Schreibmaschine. Ich hoffe, Ihre neue Einstellung wird das Geklapper erträglicher machen. Ich bin gerade erst und nur vorübergehend aus Nantucket hierhergezogen. Es ist nur für ein paar Monate, solange mein Haus dort renoviert wird. Normalerweise wohnt mein Sohn hier. Er ist Musiker. Er spielt zusammen mit einer Gruppe von feinen, inspirierten jungen Leuten, die sich ›Beverly Hell and the Five Towns‹ nennen. Haben Sie je von ihnen gehört? Sie sind ziemlich talentiert.«

»Na, und ob, Mrs. Noseworthy, ich hab' sie erst vor ein paar Wochen gesehen. Sie sind sehr gut.«

»Er wohnt solange bei seinem Freund, bis ich wieder heim nach Neuengland kann. So, Sophie, wir müssen beide zurück an unsere Arbeit. Ich hoffe, wir können wieder einmal zusammen Tee trinken, bevor ich nach Cape Cod zurückkehre.« Sie brachte mich zur Tür.

»Ja, gern, Sie sind wirklich großartig. Danke für alles. Tschüß.«

Es war ein langer Tag gewesen. Ich kroch mit einem Exemplar von *Mord in der Missionarsstellung* ins Bett und schlief schnell ein.

Wir gingen durch den Zoo und in den Park. Die Bäume waren üppig und tiefgrün und überwucherten alles. Die kalte Luft und das dichte Unterholz verbargen den Müll und schufen eine pastorale Szene, als Vivian Beck und ich an der Rollschuhbahn vorbeischlenderten. Auf einen Tunnel war in verblaßten roten Buchstaben PNOM PENH WIRD FALLEN gesprüht.

»Irgendwelche Archäologen sollten dieses Relikt retten.« Vivian lachte.

»Ich habe eine vage Erinnerung an diese Antikriegsmärsche«, warf ich ein, bemüht, Vivian auf ihrem vertrauten Terrain zu begegnen. »Meine Mutter hat uns immer mitgenommen. Ich verstand die Sprechchöre nicht so richtig, also erfand ich meine eigenen. Zum Beispiel bei ›Ho-Ho-Ho-Chi-Minh, die NFL gewinnt, da wußte ich nie, ob sich das auf die Nordvietnamesen oder die New York Giants bezog.«

Vivian trug Herbstfarben. Sanfte Braun-, Rot- und Olivtöne, sorgfältig und wirkungsvoll aufeinander abgestimmt. Die Wirkung ließ nicht auf sich warten.

»Wie alt bist du, Sophie?«

»Vierundzwanzig. Wie alt bist du?«

»Vierunddreißig.«

»Das heißt, du warst vierundzwanzig im Jahre ...«

»Neunzehnhundertdreiundsiebzig.«

Sie wirkte ruhig. Ich wollte die Gelegenheit nicht verpassen. »Also sind wir beide in schwierigen Zeiten jung gewesen. Es muß eine Enttäuschung für dich gewesen sein, nach all der Aufregung und Hoffnung. Es muß schwer gewesen sein herauszufinden, wie es mit dir weitergehen sollte.«

»Ach Sophie, du bist so niedlich. Aber ich fürchte, du siehst das ein bißchen zu romantisch. Weißt du, für manche meiner Freundinnen ist seit neunzehnhundertzweiundsiebzig nichts

Interessantes mehr passiert. Es ist das einzige, woran sie sich festhalten können, um zu beweisen, daß sie irgendwann in ihrem Leben auf Draht gewesen sind. Ich habe fast ein Jahrzehnt gebraucht, um zu erkennen, daß nichts die Welt für mich auf den Kopf stellen wird und daß ich meine Zeit verschwende, wenn ich dasitze und darauf warte. Ich muß jetzt meine eigenen Entscheidungen treffen, ich werde nicht durch soziale Unruhen davon erlöst werden; ich weiß nicht, ob du verstehst, was ich sage. Ist dein Leben aufregend für dich?«

»Naja, wenn ich hinter einer Story her bin und was Nettes zu tun hab', dann ist es toll. Ich liebe es, in zwielichtigen Stadtteilen rumzulaufen, Kontakte und Informationsquellen aufzutun, mit allen möglichen Leuten rumzuhängen, aber normalerweise geht es dabei um eine Story. Manchmal denke ich, ich würde den ganzen Tag zu Hause bleiben und weinen, wenn ich nicht an einem Projekt arbeiten würde.«

Ich machte mir Sorgen, daß sie mich in meinen Turnschuhen und Blue Jeans für eine Punkerin halten könnte. Ich bin kein Kind mehr. Sieht sie mich als Frau oder als einen niedlichen kleinen Jungen oder als androgyn oder als Freundin? Vivians Augen waren so grün wie ihr Pulli. Ihre Lippen sahen weich aus. Wir saßen in einem kleinen Bootshaus an dem Teich mit den Ruderbooten. Hinter uns lag »The Ramble«*. Ein einsames Boot zog ruhig vorüber.

»Es ist, als würden wir am Connecticut River sitzen«, sagte Vivian. »Ich hab' das nicht mehr getan, seit ich ein Mädchen war.« Sie schaute aufs Wasser hinaus. Dann wandte sie sich um, so daß sie mir gegenübersaß.

Ich wollte sie küssen. Wir sahen uns an. Ich wollte sie sanft küssen, damit sie wußte, wie das war, und dann heftig, damit sie nicht dachte, sanft sei die einzige Variante.

---

* Waldstück im Central Park, beliebter Ort für Schwulensex.

»Sophie, was denkst du über diesen Mord, über den alle reden – Seymour Epstein?«

Ich wußte nicht, was ich sagen sollte.

»Ich meine, ich kannte ihn noch aus den alten Zeiten, auch wenn wir seit Jahren nicht mehr miteinander geredet haben, außer an der Verkaufstheke in Zabars Feinkostladen. Aber ich war so schockiert über seinen Tod. Du bist Reporterin. Vielleicht hast du ja etwas gehört.«

»Sie glauben, daß es so eine Art Schwulen-Abschlepp-Mord ist. Das steht zumindest in den Tageszeitungen. Warum, was denkst du darüber, Vivian?«

Ich dachte, daß ich ein Volltrottel war. Da hatte ich mir vorgemacht, daß sie mich mochte, dabei wollte sie nur etwas über Seymour herausfinden.

»Es hätte jeder X-Beliebige sein können. Seymour war in seinen Kreisen nicht sonderlich beliebt. Du kannst nur gewisse Zeit ein hoffnungsloser Widerling sein, ohne daß jemand so richtig wütend auf dich wird.«

»Dann denkst du also, Vivian, daß es eine persönliche Rachegeschichte war?«

»Naja, Sophie, nimm das jetzt nicht zu Protokoll, aber mir ist der Gedanke gekommen, daß ... naja, ich weiß natürlich nicht mehr als das, was ich dir erzählt habe, aber du ja auch nicht. Es wird allmählich kühl, ich sollte mich wieder in Richtung Westchester aufmachen, es ist seltsam, in der Vorstadt zu leben, wo ich so an die Upper Westside gewöhnt bin. Weißt du, ich hab' total vergessen, dir diese Bilder von Laura mitzubringen. Sie liegen immer noch auf meinem Küchentisch. Wir sollten uns wirklich irgendwann nochmal treffen und sie durchsehen. Weißt du, ich genieße diese Gespräche mit dir wirklich sehr. Sie haben mich zum Nachdenken angeregt, über Dinge, bei denen ich seit zehn Jahren erfolgreich vermieden habe, mich mit ihnen auseinanderzusetzen. Ich wünschte, ich könnte Laura finden und mit ihr darüber reden. Du hast nichts von ihr gehört, oder? Also dann.«

Sie gab mir einen Schmatzer auf die Wange und verschwand in dem Dunst, der die hohen grauen Gebäude vom Park trennte.

Ich blieb einen Augenblick am See sitzen. Es gab keinen Zweifel, ich hatte mich ernsthaft verknallt in Vivian Beck. Sie schien einfach reif dafür. Ich konnte mich nicht zurückhalten. Es ist ein ganz besonderer Kitzel, etwas mit einer Hetera anzufangen. Meine Freundinnen denken, ich spinne, weil es so gefährlich ist – mal flippen sie aus, mal sind da ihre wütenden Freunde –, aber ich weiß, daß sie auch dankbar sind, und das ist etwas Leckeres. Sogar wenn sie schreiend davonlaufen, in die Arme ihres Alten, der im Auto wartet, werden sie dich niemals vergessen können. Außerdem geht nichts über das reine Vergnügen, ihnen dabei zuzusehen, wie sie zum ersten Mal eine so überwältigende Erfahrung mit einer Frau machen. Es ist ein Kitzel, fast schon ein Fetisch. Manche Leute stehen auf kleine Jungs, andere mögen Leder. Ich bevorzuge nun mal zufällig Heteras, das ist meine Sexualität, und mit Vivian würde es knifflig, aber nicht unmöglich werden.

Nun geht mir das nicht bei jeder Hetera auf der Welt so. Nur bei denen, die in der Heterosexualität anscheinend nie so ganz heimisch geworden sind, die noch mehr von ihrem Leben wollen, sich aber nicht vorstellen können, was. Es hat auch was damit zu tun, den Männern etwas wegzunehmen, sie auf einem Gebiet zu schlagen, wo sie alle Trümpfe in der Hand haben. Vivian hatte wahrscheinlich über Laura nachgedacht und was in ihrer Beziehung schiefgelaufen war. Sie war wahrscheinlich dabei, eine Menge Dinge zu überprüfen. Aber ich wußte, daß sie mich mochte, ich merkte es einfach. Sie hätte nicht vorgeschlagen, daß wir uns wiedertreffen sollten, wenn es nicht so wäre. Außerdem hatte sie gesagt, daß sie gern mit mir zusammen war. Ich mußte nur meine Karten richtig ausspielen. Ich schlug den Kragen meiner schwarzen Stoffjacke hoch und machte mich auf den langen Weg nach Hause.

»Sophie, du spinnst. Das ist die traurige, traurige Wahrheit. Warum, warum, warum bestehst du entgegen meinem Rat darauf, deine Zeit damit zu verschwenden, zu jeder Tages- und Nachtzeit mit Heteras rumzumachen, die nicht die Absicht haben, sich zu ändern? Hmmm?«

»Chris, ich kann nichts dafür. Ich steh' eben drauf, ich bin verrückt nach Liebe.«

Chris und ich saßen bei ihr zu Hause beim Abendessen, nach einer langen Kollektivsitzung der *Feminist News*.

»Erzähl kein' Scheiß, meine Süße, wir sind schon lange befreundet, und ich kann mich an einen ganzen Haufen Heteras aller Größen und Farben erinnern, denen du durch ganz New York hinterhergehechelt bist. Wie war das noch mit der einen, die dann geheiratet hat?«

»Naja, das war eine Ausnahme.«

»Wie war das mit der einen, die dich nach Kalifornien mitgenommen und dann auf dem Valencia Boulevard sitzengelassen hat wegen einem Typ mit Porsche, der nach L.A. unterwegs war? Was war mit der, Sophie? Übrigens, wen hast du per R-Gespräch mitten in der Nacht von San Francisco aus angerufen und gebeten, sie solle dir zweihundert Dollar schicken, damit du nach Hause zurückkriechen konntest? Hmmmm?«

»Chris, ich weiß, daß du schwarz bist, aber manchmal erinnerst du mich an meine Mutter.«

»Es ist eine shmatta*.«

»Du meinst, eine shanda**.«

»Oh ja, hab' ich vergessen. Na jedenfalls, Sophie Horowitz, ich möchte ein für alle Mal klarstellen, daß ich dir nicht mehr

* shmatta: jiddisch für »Lumpen«
** shanda: jiddisch für »Schande«

aus der Patsche helfen werde, wenn du dich noch ein einziges Mal von einer Hetera verarschen läßt. *Entiendes*?«

»Jaaa-jaaa.«

»Schau nicht so beleidigt drein, Sophie, ich weiß, daß du mich liebst, weil ich dir sage, was du tun sollst. Jedenfalls, Lillian ist eine ganz besondere Frau. Sie ist nett, an die solltest du dich halten, sie ist eine gute Frau, und diese Vivian klingt nach Ärger.«

»Weißt du, Chris, manchmal bist du so altmodisch. Wenn ich was mit Vivian anfange, dann hat das auf Lillian und mich überhaupt keinen Einfluß. Das eine hat mit dem anderen gar nichts zu tun. Und überhaupt, vergiß Laura Wolfe nicht, sie hängt da auch mit drin.«

»Das erinnert mich daran, dir zu sagen, daß du dich von dieser Laura Wolfe auch fernhalten solltest. Mädchen, weißt du denn nicht mehr, wie sie und ihre Bande letztes Jahr die *Feminist-News*-Versammlung mit ihren *Kampf, Kampf, Kampf*-Sprechchören gesprengt haben? Was ist los mit dir, Sophie? Du willst immer nur Ärger. Du bist nie mit dem glücklich, was du hast.«

»Das ist mir zu langweilig.«

»Da haben wir's wieder, Schätzchen, deine liebenswerten, bequemen Widersprüche. Nach einem Tag deines Aufregung-am-laufenden Band-Lebens wirst du meine sorgsam aufeinander abgestimmten haitianischen Gewürze nicht mal mehr schmecken.«

»Ich mag nur Salz.«

»Oh Göttin.«

Das hatte Chris bei der »Konferenz zur Feier der Mutterleibs-Mondin« aufgeschnappt, über die sie im Frühling einen Bericht geschrieben hatte. Ich fing an, meine Taschen nach einer Zigarette abzuklopfen.

»Hier, Sophie, iß statt dessen eine Banane. Du weißt, daß ich nicht will, daß du stirbst.«

»Ach Chrissy, nur eine, sei lieb, du weißt doch, daß ich morgen vor Gericht muß.«

»Stimmt ja. Bist du nervös?«

»Naja, die Sachbearbeiterin hat gesagt, ich bräuchte mir noch keine Sorgen zu machen. Diesmal muß ich nur erscheinen, damit ein Gerichtstermin festgesetzt werden kann. Aber ich weiß nicht genau, was ich zu erwarten habe. Ich war noch nie im Gericht, außer als Pressevertreterin.«

»Nun, ich werd's dir sagen«, antwortete Chris, während sie sich über ihr Essen hermachte. »Ich weiß dazu eine Geschichte, nicht besonders toll, aber ich erzähl' sie dir trotzdem. Sie handelt nicht von der großen schwarzen Revolutionärin und nicht von dem knallharten schwarzen Straßen-Kid.«

»Chris, hör auf mit dem Scheiß, ich weiß, daß du eine ganz einfache, durchschnittliche Frau bist. Was ißt du da eigentlich?«

»Chebri – Zicklein, is' lecker.«

»Naja, vielleicht doch eine Spur exzentrisch.«

»Nun, Sophie, wir haben offenbar alle unsere ethnischen Besonderheiten, oder?«

Sie nahm noch einen Bissen und lehnte sich zurück in ihre bekannte Ich-weiß-da-eine-Geschichte-Haltung, ließ die Gabel mitten in der Luft hängen, gestikulierte wild mit der linken Hand, beugte sich immer weiter über den Tisch und machte eine dramatische Pause, um einen Schluck Wasser zu trinken. »Ich war am College. Einem hochnäsigen College. Einem weißen College. Die Schulleitung hatte beschlossen, irgendeiner berühmten Person einen Pseudo-Preis zu verleihen, damit die Stiftungsgelder besser flossen; sie wählten also Robert McNamara aus, du weißt schon, den Architekten des Vietnamkrieges. Sie verliehen ihm einen Preis für einen ›lebenslangen Beitrag zur Völkerverständigung‹. Das war zu viel, sogar für die Studis der späten Siebziger mit ihrem unreflektierten Denken. Siebenundsiebzig war das, glaub' ich. Wir bildeten also ein studentisches Protestkomitee, um eine Demo zu planen. Die meisten der Kids hatten noch nie etwas getan, was auch nur entfernt daran erinnert hätte, und die es schon mal getan hatten, waren ein bißchen eingerostet. Als einzige schwarze lesbische Frau wurde ich natürlich sofort in jedes Komitee und auf jede Redeliste gesetzt. Du weißt schon, ›wir haben doch Chris, da brauchen wir sonst keine Mädels, Neger oder Perversen‹. Natürlich hielten all die weißen Jungs lange, langweilige Reden über gar nichts, und genau zur gleichen Zeit bekam McNamara auf der anderen Straßenseite seinen Preis verliehen. Also sagte ich, als ich dran war – und Schätzchen, wie du dir vorstellen kannst, war ich als letzte an der Reihe –, daß wir mit dem Gelaber aufhören und losziehen und Mister M. sagen sollten, was wir von ihm hielten. Sollte er doch auch ein bißchen schwitzen. Das taten wir dann auch, und wir waren tausend Leute. Natürlich kam die Polizei und stopfte eine grüne Minna mit uns voll. Ich war mit drin. Sie klagten uns wegen Unruhestiftung, Erregung öffentlichen Ärgernisses und Widerstand gegen die Staatsgewalt an. Wir fanden uns im Gefängnis von Cook County wieder – wir befinden uns in Chicago – und ich geb' dir mein Wort, das ist nicht gerade ein Sanatorium. Wir marschierten also in den Frauentrakt. Acht weiße Frauen und ich, und alle in dem Gefängnis waren schwarz. Sie johlten und riefen: ›Was macht ihr hier? Ihr gehört nicht hierher‹, und als sie mich sahen, als Nachhut, da wußten sie nicht, was sie sagen sollten. Naja, das machte mich wütend, denn vielleicht habe ich den Fehler gemacht, auf ein hochnäsiges weißes College zu gehen, aber ich bin eine stolze schwarze Frau, und ich war entschlossen, herauszufinden, was da los war. Ich redete die ganze Nacht und den ganzen nächsten Tag mit diesen Frauen, bis der Dekan des Colleges kam, um uns rauszuholen. Keine von ihnen war eine Kriminelle, weißt du, die meisten waren wegen Prostitution drin, oder weil sie ungedeckte Schecks ausgestellt hatten oder so kleinere Sachen. Tja, Wochen später, bei unserer

Gerichtsverhandlung, war der Raum mit etwa achtzig Leuten gefüllt, und alle warteten auf ihre jeweils eineinhalb Minuten amerikanischer Gerechtigkeit. Ich erkannte eine der Frauen wieder und ging zu ihr, um mich mit ihr zu unterhalten. Tja, wir hatten uns noch nicht mal begrüßt, da kommt doch schon ihr fetter weißer Zuhälter und fängt an rumzubrüllen: ›Ich will nich', daß du dich mit diesem farbigen Gesindel abgibst‹, dabei war sie doch selber schwarz. Na jedenfalls, später hab' ich sie mal besucht. Sie wohnte in einer Neubausiedlung namens Cabrini Green, in der Westside von Chicago. Die Siedlung bestand aus einer Reihe von Hochhäusern, und jede Wohnung hatte einen Balkon mit Blick auf die Slums von Chicago. Aber die Verbrechensrate war dort so hoch, daß die Stadt herging und die Gebäude mit Maschendraht überzog, damit niemand von außen rein konnte. Tja, und weißt du was? Der Ort sah aus wie eine Ansammlung von gigantischen Hamsterkäfigen mit armen Schwarzen drin, die in so 'nem Laufrad laufen. So war das. Mach dir keine Sorgen, Sophie, du weißt, ich hab' dich lieb, aber dich werden sie niemals für mehr als eine Nacht ins Gefängnis stecken. Du hast einfach nicht die richtigen Merkmale dafür.«

Chris beendete ihre Mahlzeit, und wir machten uns auf den Weg zur Unitarier-Kirche, wo ein paar Frauen eine »Nacht der schwarzen lesbischen Stimmen« aufführten.

»Also, was ist sonst los in deinem Leben, Chrissie? Du wirkst so, also würdest du dir Sorgen machen.

»Tja, möchtest du das wirklich wissen?«

»Na klar.«

»Tja, ich gehe mit diesem Jungen aus, ich weiß nicht, er ist ganz süß, mit einem femininen Gesicht, er sieht fast gar nicht aus wie ein Mann, sondern wie ein kleiner Junge. Ich weiß wirklich nicht, wie es passiert ist, wir haben einfach bei einer Party angefangen zu reden, und ich dachte, Scheiße, ich verbringe so viel Zeit in diesen wichtigen Beziehungen, die mir so ungemein helfen, mich weiterzuentwickeln, warum kann ich nicht einfach mal was tun, das Spaß macht? Er ist sehr feministisch, er ist wirklich feministisch eingestellt, liest die ganzen Bücher. Er sagt immer zu mir, daß Frauen von Natur aus überlegen sind und solche Sachen, er ist ganz süß. Aber leider ist er langweilig. Was meinst du dazu?«

»Chris, du wirst mir doch wohl keine Hetera werden, oder? Ich will nicht hintenrum erzählt bekommen, daß du eine Gruppe namens ›Ex-Lesben‹ gegründet hast oder daß du geheiratet hast und in die Vorstadt gezogen bist.«

»Nein, ich bin eine erklärte frauenliebende, mösenleckende Lesbe, ich spiel' nur rum.«

»Na gut, dann hoffe ich, daß du Spaß dabei hast. Wie oft hast du schon mit ihm geschlafen?«

»Einmal.«

»Worüber machst du dir dann Sorgen?«

»Ach Sophie, du weißt doch, wie manche Frauen sind, und ich nehm' es ihnen ja auch gar nicht übel. Sie haben so hart dafür gekämpft, keine Schranklesben mehr zu sein. Es ist ein erschreckender Gedanke, daß eine unter dem Druck mürbe werden könnte, aber diese Geschichte hat mit Druck nichts zu tun.« Sie hatte ihre Hände tief in die Taschen gestemmt, als wir weitergingen.

»Chrissie, ich hab' doch gar nichts gesagt, oder hast du dir in letzter Zeit eine Menge Scheiße anhören müssen?«

»Ich weiß nicht. Ich weiß, ich hab' ein Bedürfnis gespürt, das mich zu diesem Typ hingeführt hat, ich hatte beschlossen, mit einem Mann zu schlafen, und zuerst fand ich ihn attraktiv, aber da war mehr im Spiel als nur sexuelles Verlangen.«

»Naja, nun gräm dich mal nicht zu Tode deswegen. Weißt du, Chrissie, sogar ich habe manchmal Phantasien über Männer.«

»Sogar Frau Superlesbe? Erzähl kein' Scheiß.«

»Das ist die Wahrheit. Schöne, verschwommene Phantasien über Männer, die wie Frauen lieben. Aber ich weiß, auch wenn ich es mir vorstellen kann – wenn ich je mit einem echten Mann in die Situation käme, würde ich es eigentlich nicht wollen. Ich bin an diese Haut gewöhnt, die du gern anfaßt, ich könnte mich nicht auf Bärte und Knochen umstellen.«

Die Vordertreppe war voll mit Frauen, die darauf warteten, in die Kirche gelassen zu werden. Wenn ich zu weißen Veranstaltungen ging, kannte ich dort meistens alle. Aber obwohl ich nun schon seit ein paar Jahren zu den Sachen der schwarzen Frauen ging, fühlte ich mich immer noch wie eine Fliege an der Wand. Rings um mich her waren Frauen, deren Namen und Gesichter mir von Buchklappentexten her vertraut waren. Manchmal fühlte ich mich einfach nur blaß und unscheinbar. Warum sollte irgendeine von denen mit einem jüdischen Arschloch wie mir reden wollen? Es war einfacher, nur still dazusitzen und keine Fehler zu machen.

Als wir uns beschwingt und aufgekratzt auf den Heimweg machten, steuerten wir noch »Vesselkas polnisches Hausmacher-Restaurant« an, um gekochtes Rindfleisch mit Meerrettichsoße und eine Schokoladen-Eiercreme zu essen.

»Chrissie, es ist so seltsam, hier zu sein. Laura Wolfe ist früher oft hier gewesen. Ich kam morgens hierher, um die Zeitung zu lesen und Kaffee zu trinken, und dann saß sie da drüben in der Ecke und diskutierte oder stritt mit irgendwem. Wir warfen uns die ganze Zeit finstere Blicke zu. Jetzt ist sie weg, und das Leben im East Village geht weiter, als hätte es sie nie gegeben, als wäre sie einfach aus der Landschaft rausgepflückt worden.«

»Nun werd mal nicht zu schnell zu nostalgisch, Sophie, an dem Tisch hinter dir sind ein paar von diesen ›Frauen gegen Schlechtigkeit‹.«

Ich drehte mich um. Sie sahen mich, alle auf einmal. Was konnten sie bloß gegen mich haben? Ich hatte diesen kleinen Artikel über Laura für die Zeitung geschrieben, und alle wußten, daß ich an einem größeren arbeitete. Ich hatte bestimmt mehr Symphathie für ihre abgestürzte Genossin als irgendwer sonst. Diese Frauen, sie hatten wohl das Lächeln verlernt und dachten, was sie da taten, sei lächeln.

Geschlossen erhoben sie sich von ihrem Tisch und kamen zu der Nische, wo wir saßen. Eine trat vor und sah mir in die Augen.

»Schwestern, wir müssen kämpfen, um vorwärtszukommen. Nehmt unsere Broschüre.« Sie reichte mir fünf Bögen zusammengeheftetes Kanzleipapier. Beide Seiten jedes Bogens waren dicht gedrängt mit einzeiliger Schreibmaschinenschrift beschrieben.

»Laßt mich raten, das ist die neue Mobilmachung gegen Eiercreme.«

»Schwestern, in diesem Kommuniqué wird erklärt, daß wir uns von Laura Wolfe distanzieren, weil sie eine Individualistin, Opportunistin, Abenteurerin ist und nicht begreift, was kämpfen bedeutet.«

»Ihr steht nicht hinter Laura Wolfe? Ich bin schockiert. Nein, bin ich nicht. Sie ist das Beste, was euch kleinen Hohlköpfen je passiert ist.«

Ich wunderte mich, wie wütend ich wurde, aber es stimmte. Auch wenn Laura Wolfe irgendwie eine blöde Schnepfe ist, hat sie doch eine harte Zeit hinter sich. Keine hat je den Mut gehabt, sie wirklich zu lieben. Außerdem ist sie mutig, sie hat getan, was sie tun mußte, obwohl sie keinerlei Unterstützung bekommen hat. Sie ist eine gute Frau. Ja, es fühlte sich gut an, das zu sagen. Laura Wolfe ist meine Schwester... sozusagen.

»Es ist ziemlich beschissen, wie ihr eure Freundin behandelt«, war Chris' Reaktion.

»Es ist keine Frage der Freundschaft. Es ist eine politische Frage. Es ist eine Sache zwischen Genossinnen. Wer bist du eigentlich? Du mußt eine Agentin sein.«

»Genau, du kleine Schlampe, ich bin eine Agentin des Teufels.«

Es war ein durch und durch mieser Tag gewesen. »Chris, ich muß nach Hause. Ich muß morgen vor Gericht erscheinen. Ich kann gar nicht glauben, an wie vielen Orten ich an einem einzigen Tag bin. Ich fühle mich, als bestünde ich aus fünf verschiedenen Leuten.«

»Tja, das ist das New Yorker Lebensgefühl.«

»Ja, muß wohl.«

»Schau, Sophie, du mußt nicht alles auf einmal in den Griff kriegen. Jetzt steh erst mal den morgigen Tag durch, ich bin sicher, die Verhandlung wird vertagt. Ich werd' dir liebevolle Schwingungen schicken.«

»Danke, mein Schatz, gute Nacht.«

»Gut' Nacht.«

VIERUNDZWANZIG

Ich verbrachte den Freitagmorgen damit, in der Bibliothek alte Zeitungen durchzuschauen. Jawohl, Mrs. Noseworthy hatte recht. Gegen Peter Pope war kürzlich wegen Verschwinden von Diebesgut ermittelt worden. Ich fand das alles ganz logisch. Pope gab die Ware an Seymour weiter, der sie auf dem Schwarzmarkt verkaufte und über die White-Plains-Bank einen Teil des Profits wieder dem Bezirksstaatsanwalt zuschob. Als die Ermittlungen zu heiß wurden, inszenierten sie diesen Überfall, um an die Unterlagen zu kommen und sie zu vernichten.

Kein Wunder, daß sich Laura Wolfe versteckt hielt. Die Arme, sie wußte wahrscheinlich zuviel und tat sich selbst damit keinen Gefallen. Aber wie war sie überhaupt in dieses Durcheinander hineingeraten? Ich fing an, sie zu mögen. Mir fiel wieder ein, wie oft sie mich angeschrien und mir gesagt hatte, ich sei nicht prinzipientreu. Sie schickte mir jedesmal drei Flugblätter, wenn ihre Gruppe eine Versammlung hatte, und rief mich auch an. Einmal war ich tatsächlich hingegangen. Es dauerte vier Stunden. Als ich versuchte, nach drei Stunden zu gehen, standen da vier ihrer Mädels an der Tür und erzählten mir, ich sei nicht prinzipientreu. Am nächsten Tag traf ich Laura auf der Straße.

»Na, Laura, wie war das Ende der Versammlung?«

»Das ist nicht die richtige Frage. Die richtige Frage lautet, warum du nicht da warst.«

Chris' Art, mit ihnen klarzukommen, bestand darin, jedesmal, wenn eine von »diesen Frauen« auf sie zukam, zu fragen: »Hey Laura, kannste mir fünf Dollar leihen?«

Trotzdem kam es mir im Rückblick gar nicht so schlimm vor. Ich nehme an, ich bin damals nicht prinzipientreu gewesen, und so mußte ich bewundern, wie sie am Ball blieb, als all ihre Freundinnen sich verdrückt hatten. Ich erinnere mich noch an ihren Slogan *Ho-Ho-Ho-Mo-Sexuell, stürzt die Herrscherbande, aber schnell.* Ich wiederholte ihn im stillen, während ich die Anwaltskanzlei Ecke 41. und Madison betrat.

Der Name meiner Anwältin war June Honeymoon, ich hatte sie über »AnwältInnen für die Linke« gefunden. Wie viele ihrer Genossinnen war sie Scheidungsanwältin, mit einer florierenden privaten Kanzlei in Central Park West. Ihr Mann präsentierte sich gern als liberaler Richter. Alle drei oder vier Jahre übernahm sie honorarfrei einen großen, spektakulären politischen Fall (pro bono, wie sie es gern nannte) und frischte damit ihre Referenzen als Radikale auf. Wir schrieben jedoch das Jahr 1982, und es waren gerade nicht so viele große, spektakuläre politische Fälle zur Hand, also erklärte sie sich dazu bereit, meinen zu übernehmen. Irgendwas an ihrer Art verriet mir, daß wir nicht miteinander auskommen würden. Ich glaube, ich bekam schon gleich am Anfang eine schlechte Meinung von ihr, als ich ihre Kanzlei sah. Sie war auf schlichte Eleganz getrimmt, mit Plexiglas-Möbeln, indirekter Beleuchtung und ohne Bücher.

»Susan«, sagte sie, »ich habe mir Ihre Akten angesehen, und ich glaube, wir können diesen Fall gewinnen. Vertrauen Sie mir einfach, dann brauchen Sie nicht mal für eine Minute ins Gefängnis. Was wir jetzt brauchen, ist eine Verteidigungsstrategie.«

Sie runzelte einen Moment die Stirn, als wäre sie tief in Gedanken. »Ich hab's. Wir werden darauf plädieren, daß Sie nicht wußten, daß Sie etwas Illegales taten.«

»Moment.«

»Nun, Susan, ich weiß, daß Sie an das Konsensprinzip glauben und all das, aber diese Dinge fallen schnell in sich zusammen, manchmal müssen wir einfach mit dem Strom schwimmen. Vertrauen Sie mir, ich weiß, was am besten ist. Mein Seniorpartner John Snort wird Ihren Fall vertreten. Er hat bei den Richtern jede Menge Einfluß.«

»Sophie. Ich heiße Sophie, und ich möchte von Anfang an eins klarstellen. Ich will nicht, daß mich ein Mann vor Gericht vertritt. Männer dürfen gern mithelfen, und ich wäre dankbar, wenn sie es täten, aber ich finde es wichtig, daß eine Feministin von einer Frau verteidigt wird. Deshalb habe ich Ihren Namen aus dem Telefonbuch rausgesucht. Ich möchte eine Frau konsultieren.« Mir gefiel der Klang des Wortes »konsultieren«; es hörte sich an, als wüßte ich, wovon ich redete.

»Schauen Sie, Susan, Sie berücksichtigen die unterschiedlichen Faktoren in diesem sehr komplexen Fall nicht. Ich will damit nicht sagen, daß ich nicht dazu qualifiziert wäre, Sie zu vertreten, denn das bin ich ganz bestimmt. Ich bin aber auch in der Lage, mein kleinliches Erfolgsstreben als Anwältin den Interessen meiner Klienten unterzuordnen. Meine Aufgabe besteht darin, Sie freizubekommen, und das kann nur John Snort erreichen. Was Ihr Image in der Öffentlichkeit betrifft, nun ja, ich habe noch nie von Ihnen oder dieser Zeitung gehört, und ich wohne schon mein ganzes Leben in New York. Das wäre dann also geklärt.«

Sie war so eine vom Typ Giftzwerg. Eine von den Rotzgören auf dem Schulhof, die immer zu den Kids in der beliebten Clique liefen und sagten: »Sophies Haare triefen vor Fett.« Du hattest einfach nur den Wunsch, ihr eine reinzuhauen.

»Außerdem«, sie lächelte ihr hochnäsiges Lächeln, »sich zu weigern, von einem Mann vertreten zu werden, ist sexistisch, das ist genauso wie rassistisch. Es ist ein Fall von umgekehrter Diskriminierung, und außerdem ist es in bezug auf Männer exklusionistisch.«

Wo hatte sie bloß so ein Wort aufgeschnappt? Ich sah mir ihren Teppichboden an, ihr Tweedkostüm, die Lederaktentasche, das silberne Zigarettenetui und die goldenen Ohrringe.

»Nein«, sagte ich leise.

»Ich muß darauf bestehen. Ich habe schon acht Stunden Arbeit pro bono für Sie in diesen Fall gesteckt. Ich denke, das sollten Sie berücksichtigen, denn Sie klingen undankbar und irrational.«

Sie nahm ihr Handy und wählte. Ich blätterte ein paar Hefte des *Office Decorator* durch. Sie deckte die Sprechmuschel mit der Hand ab und zischelte mir zu: »Ich hab' John Snort am Telefon. Ich hab' ihm Ihre Haltung berichtet, und er ist sehr gekränkt. Er ist den Tränen nahe. Sie nennen sich eine Feministin, aber es macht Ihnen nichts aus, brutal die Gefühle eines sehr teuren Anwalts zu verletzen, der Ihnen zu helfen versucht. Er hat mir gesagt, er sei noch nie im Leben so tief gekränkt worden. Er hat auch gesagt, daß er sich weigert, jemanden vor Gericht zu verteidigen, der erklärt, er sei dazu gezwungen worden, sich von ihm vertreten zu lassen, und wenn Sie nicht sagen, daß Sie wollen, daß er sie vertritt, dann werden er und ich diesen Fall hinschmeißen, und Sie werden in zwanzig Minuten ohne Anwalt ins Gericht hineinmarschieren.«

Sie lächelte.

»Und jetzt, ehe ich's vergesse, hier ist meine Rechnung für die Spesen, die mir bis jetzt entstanden sind. Mal sehen. Dreihundert für Arbeit am Computer, siebzig für Taxifahrten ...«

Wir brachen zusammen zum Gericht auf, und im Taxi stritten wir immer noch. »Schauen Sie, Susan, ich bin kein gemeiner Mensch, aber wenn Sie nicht auf mich und meine Fachkenntnis hören, dann werden Sie verlieren. Ich will keinen Druck auf Sie ausüben, aber ich muß es tun. Es mag für Sie vielleicht unmoralisch klingen, aber für mich ist es moralisch.«

Ich fragte mich, ob moralisch so was Ähnliches war wie prinzipientreu.

FÜNFUNDZWANZIG

Als wir am Foley Square ankamen, erwartete uns die Presse, aber kein John Snort. Er war zu gekränkt. June ging, um sich vorzubereiten, und ich sah mir den bunt zusammengewürfelten Haufen an. Ich kannte einige der Typen von anderen Fällen, über die ich geschrieben hatte, aber das war ehrlich gesagt kein großer Trost.

»Hey Sophie, diesmal haben sie dich aber echt beim Arsch gekriegt, ha-ha,« rief der Typ mit dem schütteren Haar von ABC. Na toll. Die meisten von ihnen sind widerlich. Sie werden von einer Reportage zur nächsten geschickt, ohne jede Vorbereitung oder einen roten Faden, und gehen davon aus, daß alle schuldig sind, sonst wären sie schließlich nicht festgenommen worden.

»Wie kommt's, daß soviel Presse da ist?« fragte ich. »Hat jemand diesen Fall in die Liste vom Pressedienst aufgenommen?«

»Nee«, sagte der Kameramann von CBS, dem der Zigarrensaft übers Doppelkinn rann. »Wir sind eigentlich wegen der wirklich großen Nachricht des Tages hier. Gegen jemanden im Büro des Bezirksstaatsanwalts von Westchester ist Anklage erhoben worden, weil er Diebesgut verschoben hatte, aber der arme Kerl ist tot umgefallen, bevor er vor Gericht gestellt werden konnte. Als wir also hörten, daß sich im Fall dieser roten Lesbe etwas tut, haben wir gedacht, was soll's, bringen wir doch lieber irgendeine Story, bevor uns der Sender irgendwo in New York in die Pampa schickt, um Fotos für eine Reportage über bewegende menschliche Schicksale zum Thema Wetter zu schießen.«

June und ich stiegen die Treppe hoch, während die Kameramänner versuchten, sich eine gute Position zu erdrängeln. Irgendwie gab mir die Tatsache, daß ich ein Kleid anhatte, daß der Wind durch mein kurzes Haar strich und meine Ohrringe in der kalten Sonne glitzerten, ein Gefühl der Stärke. Das hier war schließlich ein glorreicher Augenblick für mich. Es war der Wendepunkt; ich berichtete nicht über Neuigkeiten, ich machte selbst Schlagzeilen. Überall im Land würden junge Mädchen zu mir aufschauen, ein Vorbild an Mut, Unabhängigkeit und, nun ja, Prinzipien. Genauso wie ich vor Jahren zu Germaine Covington aufgeschaut hatte. Wie Hunderte von Angeklagten vor mir verlas ich meine Erklärung mit kühler, klarer, begeisternder Stimme.

»Ich bin Journalistin ohne jede politische oder kriminelle Verstrickung in diesen Fall. Ich verweigere die Aussage vor dem Großen Geschworenengericht, weil ich der Meinung bin, daß es mein Grundrecht auf Pressefreiheit verletzt. Zweitens lehne ich das Große Geschworenengericht als solches ab, denn ich glaube, daß seine Gerichtsverfahren ...«

Die Kameramänner knipsten ihre Scheinwerfer aus und zogen ab. Nur das Radio und die Printmedien blieben da.

»... seine Gerichtsverfahren im allgemeinen eine Manipulation und einen Eingriff ins Leben politisch engagierter Menschen darstellen, deren Aktivitäten von der Verfassung geschützt werden sollten.«

Es war eine würdevolle Erklärung, das wußte ich. Es war ein gutes Gefühl, so aufrecht dazustehen wie die Gebäude, die sich rasiermesserscharf gegen den blauen New Yorker Herbsthimmel abzeichneten. Die Fragerunde wurde eröffnet.

»Wieso nehmen Sie Kriminelle in Schutz?« fragte die *Daily News*.

»Wenn Sie keine Terroristen decken, warum müssen Sie dann ins Gefängnis?« fragte die *New York Post*.

Ich versuchte zu erklären, wie Große Geschworenengerichte funktionieren. Daß sie jeden und jede vorladen und beliebige Fragen stellen können, die nichts mit dem Fall zu tun haben, den sie untersuchen. »Sie könnten mich fragen, wer in meinem Haus wohnt oder wer bei Key Food einkauft. Wenn ich erst eine Frage beantwortet habe, muß ich sie alle beantworten. Und wenn du dich dann weigerst zu kooperieren, stecken sie dich achtzehn Monate ins Gefängnis, ohne dich auch nur eines Verbrechens anzuklagen.«

Ich machte mir allmählich Sorgen. Das hier war ganz und gar kein Spaß. Ich meine, wenn die Pressekonferenz zu Ende war, würden die losgehen und sich einen Sandwich-Toast mit Speck, Salat und Tomate holen, und ich würde vielleicht abgeführt werden.

Ich hoffte, daß Evan daran denken würde, die Pflanzen zu gießen. Ich hoffte, daß Chris recht hatte, ein bißchen von diesem Privileg der weißen Haut konnte ich brauchen. War das ein abartiger Gedanke? Ich wußte nicht mehr, was ich fühlte.

Wir fanden John auf der Herrentoilette, wo er sich das Gesicht wusch. Er stellte ein paar Anträge und brachte ein paar Argumente vor und erreichte, daß der Gerichtstermin um einen Monat verschoben wurde. Am Abend schaute ich mir die ABC-Nachrichten an und sah, wie eine Schar von Reportern um meinen Vater herumstand, der auf unserem Wohnzimmersofa lag; der Finger baumelte immer noch aus seinem Mund.

»Sie war schon immer von Terroristen fasziniert«, sagte meine Mutter in ihrer geschwätzigen, hilfsbereiten Art. Schließlich war dies ihre große Chance, ins Fernsehen zu kommen.

»Wie ist das mit Ihnen, Mister Horowitz? Unterstützen Sie die Verbindungen Ihrer Tochter zu militanten Kreisen?«

Mein lieber alter Paps nahm den Finger aus dem Mund und schaute in die Kamera, schaute mich direkt an.

»Sollen sie doch nach Rußland gehen«, sagte er.

SECHSUNDZWANZIG

In dem Gefühl, daß ich ein bißchen schwesterliche Zuwendung brauchte, ging ich rüber in die Büroräume der *Feminist News*. Diese Frauen waren immer für mich dagewesen, waren mit mir durch dick und dünn gegangen, und ich war für sie dagewesen. Drei Jahre ist es nun her, daß wir in Chris' Wohnzimmer die Zeitung ins Leben gerufen haben. Inzwischen haben wir eine Auflage von siebentausend Exemplaren und verteilen weitere tausend kostenlos an Frauen im Gefängnis. Meine Kolumne hieß *Rechts und links*, was bedeutete, daß die Leute eine Menge Kritik auf mich niederprasseln ließen, aber meine Schwestern verteidigten mich immer. Ich weiß noch, wie ich einmal lesbische Nonnen interviewt hatte und mit der Post blutige Tampons geschickt bekam. Ein anderes Mal kritisierte ich einen prominenten Linken, weil er seine Studentinnen sexuell belästigt hatte, und viele seiner Freunde redeten ein Jahr lang nicht mit mir. Im letzten Frühling war es am schlimmsten – der Frühling der Sado-Maso-Kontroverse. Ich berichtete über eine Konferenz über lesbischen Sado-Masochismus, die von einer Gruppe namens »Die sexuell Geächteten« organisiert worden war. Sie wurde um Mitternacht in einem großen Kellerraum abgehalten, der vollgestopft war mit Frauen in nietenbeschlagenen Halsbändern und Ledershirts, manche mit Bürstenschnitt, und alle sahen wie Desperados aus.

»Wie viele Frauen hier praktizieren Sado-Maso?« fragte die Diskussionsleiterin.

Etwa die Hälfte hob die Hand.

»Das hier ist eine Versammlung zur Unterstützung von Sadomasochistinnen. Keine darf etwas Negatives über Sado-Maso sagen. Keine, die kein Sado-Maso praktiziert, darf überhaupt etwas sagen.«

Sie reichten die Mikrophone hin und her, während Frauen ihre Geschichte erzählten.

Eine ältere Frau, zurückhaltend in Jogginghose und Trainingsjacke, ergriff das Wort.

»Ich heiße Tina«, krächzte sie. »Mir geht einer ab, wenn ich eine Szene auslebe. Wißt ihr, wie das geht?«

Nein, Tina, sag's uns.

»Ich lebe eine Phantasie aus, in der ihr mitspielt. Ihr wißt vielleicht nicht mal, daß ihr darin vorkommt, und wenn es erst mal angefangen hat, habt ihr keine Kontrolle mehr darüber.« Während sie die Geschichte erzählte, fing sie ganz langsam an, den Reißverschluß ihrer Trainingsjacke aufzuziehen und die Kordel ihrer Jogginghose aufzuknoten, bis beides zu Boden fiel und Leder und Ketten enthüllte, die über ihren Oberkörper drapiert waren; ein silberner Dolch glänzte zwischen ihren Brüsten. Die Geächteten riefen ooh und aah. Ich fühlte mich irgendwie nervös. Dann traf mich sozusagen blitzartig die Erkenntnis, daß sie gerade eine exhibitionistische Phantasie auslebte und daß wir unwissentlich und in meinem Fall unfreiwillig ihre Partnerinnen waren. Die Frauen fanden es toll. Sie jubelten ihr zu und applaudierten, bis ihre Fröhlichkeit von einer Stimme hinten im Raum gebrochen wurde.

»Als du in Northampton mit Charisse geschlafen hast, hast du sie fast umgebracht.«

Schockiertes Gemurmel ging durch die Menge.

Tina stand stolz und erhobenen Hauptes da, ihre eisen- und lederbewehrten Brüste nach vorn gereckt.

»Charisse hat nie Stop gesagt.«

Ich nannte meine Reportage »Eine sexuell Geächtete ist nicht unbedingt eine Revolutionärin«. Sie war lang, aber die Aussage war klar, auch für Frauen, die nicht über den ersten Absatz hinauskommen würden. Ich bekam monatelang haßerfüllte Briefe und einen anonymen Topf Vaseline, aber meine Schwestern standen mir zur Seite. Obwohl sie nicht mit mir einer Meinung waren, waren sie da, verläßlich und stützend. Oh Mann, ich hab' sie so lieb.

Meine Schwestern im Büro waren von tiefer Verzweiflung ergriffen. Sie begrüßten mich beim Eintreten mit dem Ausdruck dunklen Argwohns.

»Schaut mal, wer da ist. Hey Bonnie, wo ist Clyde?«

Nach ein paar weiteren Minuten knapper Unterhaltung klärte sich die Situation.

»Sieh mal, Sophie.« Chris nahm mich mit rüber zum Fenster. »Unter den Feministinnen geht die totale Paranoia um. Jackie glaubt, daß Kathy eine Agentin ist, und Gerri überprüft Julias Referenzen. Wir haben den Vormittag damit verbracht, uns gegenseitig zu beschuldigen, von der Regierung eingeschleuste Spitzelinnen zu sein. Jetzt machen wir gerade Mittagspause.«

»Was für eine Reaktion haben wir von den Frauen draußen bekommen?«

»Naja, soweit ich weiß, ruft keine im Büro an, aus Angst, daß das Telefon angezapft ist. Aber die Anzeigenkundinnen schieben Briefchen unter der Tür durch und laufen dann weg.«

Während wir dastanden, kam ein kleiner Zettel durch den Briefschlitz gesegelt. Wir hörten das Getrappel von Army-Boots, die den Flur entlangliefen. Ich hob den Zettel auf.

> Liebe *Feminist News,*
> bitte löscht alle Konten für die Feministischen Kammerjägerinnen, und bitte verbrennt alle Unterlagen darüber, daß wir je mit Euch geschäftlich zu tun hatten.
> Bitte eßt diese Nachricht auf.

»Sophie, du weißt so gut wie ich, daß wir ohne diese Einkünfte niemals in der Lage sein werden, eine weitere Ausgabe rauszubringen. Sophie ...?«

Chris schaute zu Boden.

»Sophie, wenn du aus der Mitarbeit an der Zeitung nicht aussteigst, nur vorübergehend natürlich, du weißt schon, eine Beurlaubung, dann haben wir alle bis auf weiteres Urlaub.«

Ich blickte aus dem Fenster und sah die beiden FBI-Agenten, die in einem alten Oldsmobile saßen. Ich wußte, daß ich keine Wahl hatte.

SIEBENUNDZWANZIG

Von meinen Freundinnen verstoßen, bis auf fünfundvierzig Dollar völlig abgebrannt, so lief ich mir nun wieder auf der Suche nach Arbeit die Hacken schief. Ich versuchte es damit, daß ich mich bei Zeitarbeitsfirmen in die Kartei aufnehmen ließ, aber ich hatte nicht die richtigen Klamotten, um mich irgendwo vorzustellen. Mein Nachbar, Rick die Fummeltunte, erklärte, er könne mir einen Job in einem Restaurant in der City verschaffen, wo ein paar seiner Freundinnen schon seit längerem arbeiteten. Er legte ein gutes Wort für mich ein, und am Montag abend ging ich zur Arbeit ins »Yes Sir Mister President«. Mein letzter Job als Bedienung, bei »Brew and Burger«, war zu Ende gewesen, als ich mit dem Slogan »Im Dienst der Frauen, die die Welt bedienen« ein Kellnerinnen-Kollektiv auf die Beine zu stellen versuchte. Das hatte dem Boß nicht gefallen. Mit dem Gedanken an Fran Marino und ihre Macker betrat ich einen Gastraum voller fetter Männer in Busineß-Anzügen.

Der Manager, Donnie, schickte mich sofort auf die Piste. »Ich werf' dich einfach ins kalte Wasser und schaue, ob du ertrinkst.«

»Yes Sir Mister President?« Ich versuchte zu lächeln, brachte aber nur ein Heben der Augenbrauen zustande. Mein erster Tisch bestellte zwei Becks vom Faß.

Als ich die Drinks zapfte, sagte Donnie aus dem Mundwinkel zu mir: »Servier deine Kirsche mit dem Bier, Süße.« Also ließ ich in jedes Bier eine Kirsche fallen. Was wußte ich denn schon? Ich nahm an, daß sie Stammkunden mit einem seltsamen Geschmack waren. Ich bekam zwanzig Dollar Trinkgeld. Irgendwas stimmte nicht. Die Erfahrung hatte mich gelehrt, daß die einzigen, die wirklich gute Trinkgelder zahlen, andere Kellnerinnen sind oder aber Leute, die etwas von dir wollen, das du ihnen nicht geben willst. Ich hielt eine der anderen Frauen an. Auf ihrem Namensschild stand »Yes Sir Mister President, mein Name ist JOANNE.«

»Hey Joanne, die Typen dort haben mir zwanzig Dollar Trinkgeld gegeben.«

»Schatz, du mußt warten, bis Shelley fertig ist, du bist als nächste dran. Du mußt den Aufzug nehmen.«

»Wozu?«

»Um ihnen einen zu blasen natürlich, was denkst du denn?«

Eine Minute lang spielte ich tatsächlich mit dem Gedanken. Ich spielte mit dem Gedanken, an den Penissen von fetten Wall-Street-Mackern zu lutschen, für zwanzig Dollar pro Schuß. Ich hatte mal Freundinnen, die sowas gemacht haben. Linda, eine altmodische Bar-Lesbe mit einer Tätowierung, zog sich ein Negligée an und arbeitete an der Rezeption eines Bordells auf der 27. Straße Ost. Sie mußte sagen: »Ich habe da eine entzückende Blondine für Sie. Sie macht gern Neunundsechzig, Rund um die Welt und Griechische Urne. Das ist Apartment ›L‹ wie Lust.« Sie verdiente hundertfünfzig Dollar am Tag. Dann gab's da noch Judy, die vor einigen Jahren in meiner Frauengruppe war. Sie arbeitete als Masseuse, um sich durchs College zu bringen. Sie sagte, daß du dich mit Pornomagazinen auf dem neuesten Stand halten mußt, um zu wissen, was die Männer haben wollen. Sie sagte, wenn der *Hustler* am Montag eine Story darüber brachte, daß die brandneue, schrille Art, einen Orgasmus zu kriegen, darin besteht, in den Haaren einer Frau zu kommen, dann wollte spätestens am Dienstag nachmittag jeder Mann in deinen Haaren kommen. Sie sagte, sie könne Männer lesen wie ein Stoppschild. Sie kannte sie so gut, daß sie, wenn sie einen die Straße entlanggehen sah, schon Bescheid wußte, was für erniedrigende, schmerzhafte und langweilige Dinge er gern tat. Wahrscheinlich wäre es interessant, Männer so gut zu kennen. Ich ging ins Büro des Managers.

»Donnie, tut mir leid, ich kann hier nicht arbeiten.«

»Macht nichts, Süße. Dafür eignet sich nicht jede.«

Ich ging zur Tür hinaus und in die Nacht hinein. Später merkte ich, daß ich die zwanzig Dollar immer noch in der Tasche hatte. Ich wüßte zu gern, wie lange sie im Aufzug gewartet haben.

ACHTUNDZWANZIG

Ich hatte Geldsorgen. Echte Sorgen. Es war mir egal, wenn ich von Kartoffeln leben mußte – eigentlich lebte ich sogar sehr gern von Kartoffeln. Aber die Rechnungen stapelten sich, und mir gingen die Mittel aus. Zu allem Überfluß wurde ich allmählich auch noch depressiv. Ich konnte nirgends hingehen, ich konnte nichts tun. Ich mußte einen Ausweg finden. Womit ließ sich schnell eine Menge Geld verdienen? Drogen kamen nicht in Frage, all der Ärger mit der Polizei, und außerdem war das ein Feld mit viel Konkurrenz. Und dann kam mir ganz sanft die Erleuchtung, wie ein Sonnenstrahl. Pornographie. Ich könnte Pornographie schreiben. Das war gar nicht so schlimm. Es würde nicht allzu schwer sein. Ich hatte den Kopf voller Pornographie, das behauptete jedenfalls meine Mutter. Ich könnte Pornographie für Lesben schreiben. Einen ganzen neuen Markt erschließen. Das konnte der Beginn einer richtig großen Sache werden. Ich würde berühmt werden und mit einer Skimaske über dem Gesicht in der David-Susskind-Show auftreten. Die Pornographie-Lesbe. Ich hatte das Gefühl, daß es möglich war.

Ich ging zu meiner Schreibmaschine und wurde nervös. Normalerweise fange ich schon an, in die Tasten zu dreschen, bevor ich mich richtig hingesetzt habe, und tippe rasend schnell wie Little Richard am Klavier. Es würde schwieriger werden, als ich gedacht hatte; es gab so viele Komplikationen. Erstens konnte es ja nicht wie normale schmutzige, schmierige Pornographie klingen. »Er stieß seinen pochenden Luststab in ihre saftige Fotze.« Das ging einfach nicht. Die meisten Substantive, Verben und Adjektive waren nicht verwendbar. Ich konnte mich nicht überwinden, Wörter wie »kneten«, »feucht« oder »hungrig« zu benutzen. Sie sind bedeutungslos. Außerdem wollte ich auf keinen Fall einen unnötigen Beitrag zu den unendlich vielen Dingen leisten, mit deren Hilfe sich Männer einen runterholen. Ich wollte, daß es für Männer bedeutungslos und für Frauen wunderschön war. Das konnte doch nicht so schwer sein, Frauen können ja sogar mit Hilfe der Bibel zum Höhepunkt kommen. Ich zum Beispiel masturbiere, wenn ich die *New York Times* lese. Der wichtigste Punkt war, daß ich es wirklichkeitsnah hinkriegen wollte. Ich wollte, daß Sex so beschrieben wurde, wie ihn Frauen wirklich erleben. Die Realität ist meistens eine Mischung aus Kitzel und Frustration, Trost und Konflikt. Sex ist zunächst einmal etwas sehr Leckeres, aber in jedem Fall komplizierter als das, was die Kitschromane oder Taschenbücher dir einreden wollen.

Ich lehnte mich zurück, die Füße auf den Schreibtisch gelegt, und nahm einen Zug von einer Zigarette. Wie war Sex mit Lillian oder irgendeiner anderen Frau? Wo fängt es an und wo hört es auf? Manchmal fängt es beim Abendessen an oder davor, wenn du die Zutaten kleinschneidest und riechst und anbrätst. Es ist komisch mit Frauen, die Illusionen und Phantasien stammen nicht so sehr aus dem Fernsehen oder von der Mami oder aus dem Englischunterricht in der achten Klasse. Es ist eine spezielle Kombination dessen, was jede Frau mit ins Bett bringt, ihr eigener Mut oder ihre Angst, ihre eigenen intimen Leidenschaften. Ich mag die intensive Körperlichkeit, berühren und auf die gleiche Weise berührt werden, die Winkel und Falten ihrer Vulva erspüren und spüren, daß sie genauso viel Spaß an meiner eigenen hat. Eine Frau hat es mal »Graffiti an die Wände der Vagina schreiben« genannt. Das ist eine tolle Großstadt-Metapher. Und dann ist da zusätzlich jedesmal der Kitzel, daß die ganze Welt versucht hat, die Frau neben dir im Bett daran zu hindern, hier zu sein, aber sie ist trotzdem gekommen, und das nur, weil sie es wollte und beschlossen hat. All diese Gefühle wollte ich in meine Pornographie einfließen lassen. Ich brachte es auf den Punkt, in einer einzigen Szene, einer Verführung, einem Augenblick mit Brüsten, die sich aufrichten und gerötet sind, einer Minute mit einer Zunge an meiner Möse, einer Minute, in der wir kommen und uns auf den Mund küssen, so daß beide von Zunge zu Zunge kommen. Keines der Wörter war richtig.

Ich riß das Papier aus der Maschine und versuchte es noch einmal. Diesmal war alles leichter. Ich tippte zwei Stunden am Stück, bis ich eine nette kurze Geschichte fertig hatte, gut genug für jedes beliebige Pornoheft, mit dem Titel »Heißer Sex auf heißen Öfen«, über zwei Motorradfahrer und ihren Matrosen. Sie würde wohl fünfzig Dollar einbringen.

Lillian und ich telefonierten am nächsten Morgen miteinander.

»Findest du es nicht,ein bißchen unmoralisch, Schwulenpornographie zu schreiben, wo du niemals ein Schwuler gewesen bist?«

»Naja, ich hab' mal mit einem geschlafen.«

»Sophie, keine faulen Ausreden. Wenn du Schwule für Geld ausbeuten willst, ist das okay, aber du mußt ehrlich damit umgehen.«

Ich beschloß, die Story jetzt zu verkaufen und später darüber nachzudenken. Oder vielleicht konnte ich ja doch wieder in einem Restaurant arbeiten.

NEUNUNDZWANZIG

Zwei Tage später begann ich nach einer Serie demütigender Vorstellungsgespräche, in der »Großen amerikanischen Reformkost-Bar« neben dem Rathaus zu arbeiten. Sekretärinnen mit angemalten Gesichtern und lackierten Fingernägeln kamen in ihrer halbstündigen Mittagspause rein, um auf gesund getrimmtes Fast Food zu bestellen wie Tofu-Curry auf Pita-Brot mit Joghurt, Bierhefe und eine Coke. Die Belegschaft bestand aus fünf Lesben, zwei italienischen Jungs – einem mit Andy-Capp-Tätowierung und einem mit Jesus am Kreuz – und einem Studenten vom Theologischen Seminar, der in Kürze heiraten wollte. Ich konnte nicht anders, ich hatte ein schlechtes Gewissen. Jedesmal, wenn eine von diesen Sekretärinnen ihr schwerverdientes Geld für Alfalfa-Sprossen auf getoastetem Siebenkornbrot, Hüttenkäse mit Müsli und eine Coke ausgab und sieben Dollar fünfzig dafür hinblättern mußte, hatte ich ein schlechtes Gewissen. Ich hatte so ein schlechtes Gewissen, daß ich mich einfach nicht mehr erinnern konnte, daß sie vier Sachen bestellt hatte und nicht nur drei. Am Ende des dritten Tages kam der Chef zu mir.

»Ihnen gefällt es hier nicht.«

»Doch, tut es, Bernie, mir gefällt es total gut hier, wirklich.«

»Sie lächeln die Kunden nicht an.«

»Bernie, ich versuch's wirklich, ganz ehrlich. Manchmal kann ich nicht direkt lächeln, aber ich zieh' auf jeden Fall die Augenbrauen hoch, sehen Sie?«

Mit vierundzwanzig Jahren, ohne abgeschlossene Ausbildung und den entsprechenden guten Ruf, bettelte ich bei Bernie um einen Job, den ich nicht wollte.

Tränen strömten mir übers Gesicht, als ich in meiner blattgrünen Schürze und meinem spitzen Karottenhut in die Herbstluft hinausging und langsam durch die Lower Eastside nach

Hause trottete. Ich hatte die größte Lust, meine Sorgen in einer fetten Krakauer Wurst mit Kartoffelbrei, Sauerkraut und Soße, Challah-Brot* und einem dunklen Tuborg zu ertränken, aber ich konnte es mir nicht leisten. Am liebsten hätte ich gespürt, wie Lillian ihre starken Hände um meine Taille legt, und mich ins Bett oder in die Wanne plumpsen lassen. Am liebsten hätte ich sechs verschiedene Sorten Käsekuchen gekauft und mich auf sie alle draufgesetzt, hätte überall auf Lillians Körper reife Erdbeeren zerquetscht, eine Limette auf ihren Schamlippen zerdrückt und den Saft geschlürft wie Austern aus der Schale. Aber Lillian würde erst in ein paar Stunden da sein, und ich brauchte jetzt sofort etwas.

Ich ging in meine Wohnung und ertappte Evan. Er saß auf seinem Stammplatz auf der Couch, aber diesmal hatte er einen sehr schuldbewußten Ausdruck im Gesicht. Dann sah ich noch einmal hin. Das Koks! Evan sniefte Lines von meinem Kokain. Das war der Tropfen, der das Faß zum Überlaufen brachte; dieses schleimige Schwein. Nach allem, was ich für ihn getan hatte. Dann fiel mir ein, daß ich cool bleiben sollte. Mir, naja, eigentlich Lillian, war der Gedanke gekommen, daß es nicht so supertoll war, diese ganzen illegalen Sachen zu tun, während Evan hier herumhing. Wer weiß, wieviel der schon aufgeschnappt hatte. Wenn ich jetzt die Beherrschung verlor, hätte er genug Informationen, die er gegen mich verwenden konnte, um zum Spaß oder aus Profitgier – oder noch schlimmer, in seiner Eigenschaft als guter Staatsbürger – dieses ganze Narrenschiff zum Kentern zu bringen.

»Wie ist das Koks, Evan?« Ich versuchte, freundlich zu klingen. Es klappte hervorragend.

Sobald mir die Drogen in die Nase stiegen, wußte ich, daß es gute Qualität war. Zwei Lines, und ich war total high. Bald

* Challah-Brot: schweres, süßes Brot, mit Eigelb gebacken, das am jüdischen Sabbat gegessen wird

würde ich unter Strom stehen und das Bedürfnis haben, durch ganz New York City zu laufen und Fremde auf der Straße anzusprechen. Ich würde mich von der Stadt abspalten, indem ich mich zurück- und aus dem Bild herauslehnte, sie als Objekt betrachtete und in ihrer Riesenhaftigkeit begriff. Aber im Moment war es wichtig zu versuchen, einfach zu entspannen, die künstliche Klarheit zu genießen und zuzuschauen, was mir so durch den Kopf ging.

Laura Wolfe ging mir durch den Kopf. Es war so verrückt, ich hatte seit diesem ersten Cocktail mit Vivian in Soho viel an sie gedacht. Die Ärmste. Sie hatte zur falschen Zeit und am falschen Ort ihr Coming-out gehabt. Damals nahm kein Mensch eine Lesbe ernst. Es gab keine Basis für sie, die sie unterstützte. Wie frustrierend mußte es gewesen sein, Frauen wie Vivian so nahe zu sein, während diese nicht willig und nicht fähig waren, sich eine Liebesbeziehung mit ihr vorzustellen. Sie mußte zusehen, wie sie Beziehungen mit linken Obermackern auf dem Ego-Trip durchmachten, und vermutlich waren sie dann heulend zu ihr gerannt und hatten um gute Ratschläge gebettelt.

Aber was erzähle ich da? Hier sitze ich und bin in genau der gleichen Situation mit Vivian. Diese Frau ist lächerlich, sie sollte doch inzwischen geschnallt haben, daß all die Privilegien, in deren Genuß sie angeblich durch Männer gekommen ist, ihr nichts von dem gebracht haben, was sie am meisten will. Ich meine, ich habe den Vorteil einer lesbischen Kultur gehabt, einen gewissen, gemeinsam aufgebauten Zynismus – und das ist ein Schutz für mich. Aber Laura mußte sich einer Aversionstherapie unterziehen, ich kann's ihr nicht verdenken, daß sie eine beschissene Sektiererin geworden ist. Sie braucht diesen Politkram, um in der Welt zu überleben. Mein Weg ist das nicht, aber es ist in Ordnung. Wenn sie auch sonst niemand ernst nimmt, hat sie jedenfalls den Mut, sich selbst ernst zu nehmen. Na schön, zu ernst, aber ich meine, das hätte mir auch passieren können. Und das ist der springende Punkt. All diese

Jahre habe ich mir selbst was vorgemacht und gedacht, wenn ich damals gelebt hätte, dann wäre ich so klug und schön wie Germaine Covington geworden, aber eins hab' ich dabei vergessen. Ich wäre eine kaputte Lesbe gewesen, ich wäre Laura Wolfe gewesen.

Fühle ich mich deshalb so zu Vivian hingezogen? Ich trete in Lauras Fußstapfen. Oder vielleicht macht sie mich einfach nur an. Wenn sie vierunddreißig Jahre gelebt hat und nie mit einer Frau im Bett gewesen ist, dann muß sie ganz schön Angst davor haben, es muß ihr viel bedeuten. So wie sie darüber redet, daß sie ihre Freundschaft mit Laura verloren hat, ist klar, daß sie es bereut. Da war wohl eine Menge Liebe mit im Spiel. Ich hatte bei Vivian eine tiefe Trauer gespürt. Ein Gefühl des Verlusts, der Enttäuschung, eine Schicht von Konflikten. Du merktest sofort, daß sie eine Frau ist, die ihre geheime Verrücktheit hat. Die allein in ihr Zimmer geht und schreit und weint und Selbstgespräche führt und Sachen kaputtmacht und die Scherben nicht aufsammelt und ihr Gesicht wäscht, ein Kleid anzieht und zu einer neuen Runde hinaus in die Welt geht.

»Dieses Koks ist gut, echt gut.« Evan sniefte.

Ich beschloß, noch ein paar Lines auszulegen. Lillian würde es nicht viel ausmachen. In was für Schwierigkeiten konnte ich schon noch geraten? Ich beschloß, diese Frage unbeantwortet zu lassen. Ich nahm Neil Young vom Plattenteller und legte Coltranes *Ascension* auf, sah Evan zusammenzucken.

Er nahm die Platte runter. »Ich kann dieses Zeug nicht hören. Wie wär's mit Bob Dylan's *Greatest Hits Teil Zwei*?«

»Nein.«

»Teil Eins?«

»Nein.«

»Ach so.«

Wow, ich mußte einfach nur »nein« zu Evan sagen, als wäre ich der Boß oder so, und schon gehorchte er. Warum war ich nicht vorher darauf gekommen? Gott, was für ein Schlappi.

»Laß uns 'nen Kompromiß schließen und Radio hören«, schlug er vor.

»Okay.«

Der Kulturkanal war eingestellt.

»Willkommen zur feministischen Männerstunde. Mit Unterstützung der ›Sanften Männer gegen Männlichkeitswahn‹ aus New York und dem Umland. Unser Slogan lautet: ›Das ist okay.‹ Heute werden wir Anrufe von anderen feministischen Männern erhalten, und damit sind wir die erste sanfte Radio-Männerselbsthilfegruppe der Welt. Hier kommt gerade ein Anruf rein. Hallo. Sie sind auf Sendung.«

Es war alles wegen meiner Mutter.

Das ist okay.

Ich schaltete ab.

»Evan, laß uns noch ein paar Lines sniefen.«

Er legte sie mit einer Rasierklinge aus. »Sophie, wo hast du dieses ganze tolle Koks her? Das hat noch nie jemand auch nur angefaßt. Es ist das beste, was ich je probiert hab'. Ich glaub', das ist pharmazeutisches.«

»Jaja, es ist echt ... was hast du gesagt, was es ist?«

»Pharmazeutisches.«

»Pharmazeutisches ... pharmazeutisches ... wo hab' ich das gerade gehört ... oh Scheiße.«

»Was ist los?«

Natürlich, Melonie Chaing. Sie hatte pharmazeutisches Kokain, und es schmeckte genau wie dieses. Ich würde sogar meine Rezeptkartei drauf verwetten, daß das hier welches war. Wie hatte ich nur so blöd sein können? Ich sah den Koks-Löffel in meiner Hand an. Galileos Gesicht war mit weißem Puder bestäubt. Vivian Beck und ihr verdammtes italienisches Besteck. Germaine hatte recht, ich bin eine schlechte Detektivin.

Tja, vielleicht hatten sie mich einmal verarscht, aber jetzt würde ich den Spieß umdrehen; diese Schlampen. Beck und

Chaing steckten irgendwie unter einer Decke, und die Fäden liefen bei Seymour zusammen.

Ich rannte in mein Zimmer und sah mir Seymours Telefonrechnung an. Da war sie, verdammter Mist, diese Nummer in Westchester war Vivians. Du kannst diesen Frauen nicht trauen, ich hätte es wissen müssen. Ich mußte diese Beck, das Luder, sofort anrufen. Moment mal, was zum Teufel würde das bringen? Ich wollte sie direkt damit konfrontieren. Ich mußte das jetzt geschickt angehen, sonst würde ich alles verpatzen. Irgendwie mußte es klappen.

DREISSIG

Lillian kam vom Bahnhof aus direkt zu mir.

»Sophie, draußen vor deinem Haus hängen drei FBI-Agenten rum und versuchen unauffällig zu wirken. Blonde Jungs aus Utah in Blue Jeans, die sich bemühen, ins Bild zu passen. Die Dealer schleichen nervös durch die Gegend, weil sie denken, es wären Drogenbullen.«

»Das ist noch nicht alles, was gerade so passiert«, ergänzte ich bedrückt.

Ich erzählte ihr alles, was sich in den letzten paar Stunden ergeben hatte, während wir uns Krautrouladen machten, in Rosinen und koscherem Wein geschmort für die ganz besondere Süße. Dann aalten wir uns in der Badewanne und schmiedeten einen Plan. Lillian mußte ein Ablenkungsmanöver inszenieren, während ich fliehen und zu Vivians Haus fahren würde.

Ruhig rauchte ich eine Tarryton, kaute auf dem Aktivkohlefilter herum und sah Lillian zu, wie sie in der Wanne saß. Es war einer der Momente, in denen ich ihr Alter sehen konnte. Ihr Hals und ihre Hände wurden allmählich rauher, waren nicht so weich und rundlich wie meine eigenen. Sie benahm sich immer wie ein Teenie, trug verrückte Klamotten und färbte ihre Haare in allen möglichen Farben, bleichte sich die Augenbrauen und machte jede Menge Fez. Aber in manchen Momenten konnte ich sehen, daß sie allmählich müde wurde.

Lillian ist klug. Sie ist schön und mutig, aber sie begnügt sich damit, ein ruhiges, unspektakuläres Leben zu leben. Ihre Freundinnen, ihre Tasse Kaffee, das reicht ihr. Sie hat keinen Ehrgeiz. Es macht ihr nichts aus, Wochenende für Wochenende im Frauenzentrum zu arbeiten und jeden Tag früh aufzustehen und im selben Büro zu arbeiten bis um fünf, um dann müde nach Hause zu schlurfen. Sie hat nichts dagegen, zu den Abenteuern anderer Leute ein bißchen Freude und Behaglichkeit beizusteuern, aber sie möchte nie im Mittelpunkt stehen.

»Lillian, bist du sicher, daß du das schaffst?« Ich bereute es im selben Moment, in dem die Worte mein loses Mundwerk verlassen hatten.

»Sophie, hast du denn überhaupt kein Zutrauen zu mir? Manchmal glaube ich wirklich, du unterschätzt mich. Du tust so, als wäre ich langweilig oder so. Bloß weil ich nicht so geil auf Ruhm und Ehre bin wie du...«

»Lillian, beruhige dich.«

»Das ist nicht fair. Zuerst beleidigst du mich, und wenn ich dann sauer reagiere, versuchst du alles wieder glattzubügeln. Das ist nicht richtig. Du mußt mich wütend werden lassen und nicht so eine Angst davor haben. Ich werd' dir zeigen, was es heißt, sich zu langweilen – du bist so ängstlich darum besorgt, nichts von deiner kostbaren Energie auf so triviale Allerweltsthemen wie die Gefühle anderer Leute zu verschwenden. Wie wär's? Ich werde jetzt über das Tabuthema reden; was ich heute gemacht hab'. Heute hab' ich meine Wäsche gewaschen. Ich hab' weiße und Buntwäsche auseinandersortiert...«

»Lillian, mußt du denn hysterisch werden? Ist das nötig?«

»Ich hab' extrastarkes Bleichmittel genommen, um die hartnäckigen Flecken rauszukriegen. Dann hab' ich mir die Haare gekämmt. Dann hab' ich mir ein Päckchen Kaugummi gekauft. Fruchtgummi, das mag ich lieber als Doublemint.« Ihr ging der Dampf aus.

Wir zogen uns schweigend an. Ich wußte, daß ich ein schlechtes Gewissen haben sollte, aber das hatte ich nicht. Lillian ist wirklich ein großartiger Mensch, und sie läßt sich echt eine Menge Scheiße von mir gefallen, aber ich hab' einfach kein Interesse daran, unsere Beziehung auszudiskutieren. Ich lasse sie reden – warte, daß sie fertig wird, und gehe zum nächsten Thema über. Solche Gespräche können endlos weitergehen, wie bei Sportsendungen im Radio, immer und immer wieder das gleiche alte Zeug, du kannst ein Spiel nicht vom anderen unterscheiden. Inzwischen sind Stunden vergangen, und nichts Interessantes ist passiert.

Sie ging wie geplant runter zur Telefonzelle an der Ecke. Es kam darauf an, daß sie schuldbewußt aussah, daß sie so tat, als wäre sie paranoid, würde aber die Agenten nicht bemerken. Dann sollte sie die Auskunft anrufen.

»Kann ich bitte die Nummer des Revolutionsrates für den Bewaffneten Kampf haben? Ja, B-E-W-A-F-F-N-E-T, so wie ›Feuerwaffen‹. Danke schön.«

Es lief wie geschmiert. Wie sie später erzählte, zogen die Agenten alle von der Haustreppe zur Telefonzelle an der Ecke um, auffällig an die Mülltonne gelehnt.

Die Dealer verloren allmählich die Geduld. »Seid ihr Typen jetzt vom Drogendezernat oder was?« fragten sie. »Wir können das nämlich nicht mehr ab, daß ihr Typen einfach nur hier rumhängt, als würdet ihr hierhergehören, das nimmt euch niemand ab, hört ihr? Warum tut ihr nicht einfach irgendwas, statt einfach nur rumzuhängen, rumzuhängen. Scheiße – das nervt, Mann.«

Ich hängte mich aus dem Schlafzimmerfenster und plumpste auf die Feuerleiter. Während ich die Leiter hochkletterte, schaute ich über die Dächer der Lower Eastside. Sie sah noch genauso aus wie damals, als meine Großeltern 1906 herüberkamen, abgesehen von den Mietskasernen natürlich. Im Hintergrund ragte das zwanzigste Jahrhundert auf. All diese massiven Glaskästen voller Frauen, die tippten und fotokopierten und programmierten. Bald würde mein Stadtteil verschwunden sein, von geldgeilen Städteplanern abgerissen und in Hochhäuser mit luxuriösen Maisonettes und schicken Apartments verwandelt. Junge Berufstätige, die Kinder der Weißen, die einst aus der Innenstadt geflohen waren, zogen in die City zurück. Dieselbe City, in der sie sich ihre ganze Kindheit über gefürchtet hatten. Wo sie sich aneinandergeklammert hatten, wenn sie zu Weihnachten einen Klassenausflug machten, um den *Nußknacker* zu sehen. Sie zogen mit brutaler Geschwindigkeit ein. Die Dealer an der Ecke sind das letzte Bollwerk zwischen uns und der totalen Homogenität. Ich zog mich hoch aufs Dach des Nachbarhauses, ging zur Feuertreppe und machte mich auf den Weg nach unten in den Hinterhof nebenan, über den Zaun und durch den Laden mit den polnischen Würstchen in die Freiheit.

EINUNDDREISSIG

Im Zug rauf nach White Plains dachte ich weiter darüber nach, was alles in welcher Reihenfolge passiert war. Melonie hatte angeboten, mir zu helfen, ohne irgendwas von mir zu verlangen. Sie hatte mich mit Vivian Beck zusammengebracht, die auch richtig nett und hilfsbereit gewesen war. Henry auch, obwohl Mrs. Noseworthy seine Geschichte komisch fand. Aber an dem Tag im Park hatte Vivian so getan, als würde sie Seymour kaum kennen. Und doch waren ihr Koks-Löffel und Melonies Koks bei ihm zu Hause gewesen, und er hatte sie angerufen.

Ich wurde also an der Nase herumgeführt, soviel war leider klar. Was konnten sie bloß von mir, Frau Niemand, wollen? Nun, es war an der Zeit, daß *ich sie* an der Nase herumführte. Ich mußte rangehen und Vivian Honig ums Maul schmieren. Wenn ich mich wirklich konzentrierte und meinen ganzen Charme spielen ließ, konnte ich vielleicht rauskriegen, was sie wußte. Jedenfalls hatte ich ein gewisses Zögern bei ihr festgestellt. Vielleicht war sie dabei, es sich anders zu überlegen? Ich rief sie vom Bahnhof aus an.

»Ja.«

»Vivian?«

»Ja?«

»Vivian, hier ist Sophie Horowitz.«

»Sophie, wie nett, von dir zu hören.«

»Es ist auch nett, dich zu hören. Weißt du, ich hab' unser Treffen neulich sehr genossen, und ich weiß zu schätzen, daß du so offen und hilfsbereit gewesen bist und mir deine Erinnerungen erzählt hast. Zufällig bin ich gerade hier oben in White Plains, wegen einer Reportage, die ich schreibe, über Herbstlaub, und da hab' ich mich gefragt, ob ich wohl für ein paar Minuten vorbeikommen könnte, um diese Fotos anzuschauen, von denen du mir erzählt hast.«

»Tja, also ...«

»Das würde dir die Mühe ersparen, sie mir in die Stadt mitzubringen. Ich weiß, wie beschäftigt du sein mußt.«

»Tja, na schön, wenn es nur für 'ne Stunde ist.«

»Ich bin gleich da.«

Super. Und wie sollte ich jetzt zu ihrem Haus kommen? Ich hatte kein Geld für ein Taxi. Ich hatte nicht mal genug Geld für den Zug nach Hause. Aber mich trieb der pure Rachedurst, und ich wußte, er würde mir helfen, mich irgendwie durchzuwursteln. Ich ging auf eine junge blonde Frau zu, die mit mir zusammen aus dem Zug gekommen war. Sie stieg gerade in ihr Auto.

»Verzeihen Sie, ich weiß, es klingt seltsam, aber ich bin hergekommen, um eine Freundin zu besuchen, und ich hab' anscheinend mein Portemonnaie vergessen. Sie fahren nicht zufällig in die Nähe der Hartsdale Avenue, oder? Könnten Sie mich vielleicht mitnehmen?«

»Natürlich, Liebes, steigen Sie nur ein, ich freue mich immer, wenn ich Fremden helfen kann.«

Oha, eine Verrückte. Ich stieg in den hellblauen Pontiac und stellte fest, daß ich recht gehabt hatte. Das Armaturenbrett war voll von kleinen Aufklebern, auf denen stand *Ich glaube an Ihn*, *Drück auf die Hupe, wenn du an Jesus glaubst*, *Drück auf die Hupe, wenn du an Elvis glaubst* und *Auch Jesus war mal ein Fötus*.

»Ich heiße Sophie.«

»Ich bin Kathleen.«

»Nett, Sie kennenzulernen. Ich hab' gerade Ihre Aufkleber hier gesehen.«

»Sind sie nicht schön? Ich bin Vizepräsidentin der Anti-Abtreibungs-Liga von Westchester.«

Das konnte ja interessant werden ... oder auch nicht ...

»Ich komme gerade von einer Versammlung in New York City zurück«, sagte Kathleen. »Wir bereiten unsere Aktionen für nächsten Samstag vor. Wir stellen uns vor diese scheußlichen Abtreibungskliniken, mit Fotos von diesen armen toten, ungeborenen Babys. Wir führen auf der Straße Beratungsgespräche durch und versuchen diese verzweifelten, bedauernswerten Frauen davon zu überzeugen, ihre Babys nicht umzubringen.«

»Was sagen Sie ihnen?« fragte ich, während ich mich in ihrem blauen, veloursIederbezogenen Schalensitz zurücklehnte.

»Oh, normalerweise erzählen wir ihnen, daß ihr Baby ein gottgegebenes menschliches Wesen ist, daß nur Gott das Recht hat, dieses Leben zu nehmen, daß ihr Baby, wenn es groß ist, vielleicht mal Priester werden könnte. An jedem Tag, an dem wir hingehen, retten wir ein oder zwei Babys.«

Ich hätte mir gern eine Zigarette angezündet, ließ es aber wohlweislich bleiben.

»Es gibt ein paar Waffen, die ich immer bei mir haben muß. Erstens ein zwei Meter mal einsfünfzig großes Plakat mit einem abgetriebenen ungeborenen Kind drauf. Ich falte es zusammen und trage es mit mir herum, egal wohin ich gehe. Dann habe ich einen zwölf Wochen alten Fötus in einem Glas. Ich hatte ihn vier Tage auf meinem Schreibtisch stehen, aber dieser arme, entzückende ungeborene kleine Junge ... jetzt hebe ich ihn in meinem Auto auf.«

Ich zog schnüffelnd die Luft ein, um zu prüfen, ob es nach Formaldehyd roch.

»Außerdem hat mir der Herr einen kostenlosen Fotokopierer geschenkt. Ich habe gebetet und einen bekommen.«

»Waren Sie vorher schon mal politisch aktiv, Kathleen?«

»Nein, aber es ist auch noch nie etwas so furchtbar gewesen. Wissen Sie, Abtreibung ist noch viel schlimmer als das, was die Nazis gemacht haben, das ist jedenfalls meine Meinung. Die Ungeborenen sind hilfloser. Die Tatsache, daß Abtreibung in den zwanziger Jahren in Deutschland legal war, hat dem Nazismus den Weg bereitet. Es ist faszinierend, was man als Kreuzritter in Gottes Armee alles lernt.«

»Ja, faszinierend.«

»Nun, meine Liebe, hier ist die Adresse. Denken Sie daran, es gibt den Weg nach Osten, nach Westen, nach Norden und nach Süden, aber der einzig wahre Weg ist der Weg des Herrn, Amen.«

»Amen.«

Sie fuhr davon und ließ mich allein in der Vorstadt zurück.

ZWEIUNDDREISSIG

Die Straße war dunkel und kalt, und der Wind blies über leere Gärten. Es war lange her, seit ich das letzte Mal auf dem Land gewesen war. Naja, es war eigentlich nicht richtig ländlich, aber es gab mehr Bäume als Leute, und damit war es kein Ort, an den ich gehörte. Es machte mich nervös, all diese Bäume, die sich mal in die eine, dann in die andere Richtung bogen.

Ich klingelte an der Tür. Vivian öffnete mir. Sie sah richtig schlecht aus, als hätte sie geweint und zuviel geraucht.

»Hallo?«

Getrunken hatte sie auch.

»Vivian, was ist los, du siehst völlig fertig aus.« Ihre Haut war blaß und aufgedunsen, kalte Schweißperlen standen ihr auf der Stirn.

Wir gingen ins Wohnzimmer und setzten uns hin. Mein Blick fiel sofort auf eine altdeutsche Vitrine, die bis obenhin mit Souvenirlöffeln gefüllt war. Es gab Exemplare aus Disneyland, Disneyworld und allem, was dazwischen liegt. Die internationale Kollektion befand sich auf einem Bücherregal aus Eichenholz.

»Vivian, setz dich zu mir und sag mir, was los ist.«

»Es ist blöd.«

»Nein, ist es nicht, du siehst wirklich völlig fertig aus.«

»Ich setze mich gerade mit der ganzen Selbsttäuschung auseinander, die ich mir die letzten zwanzig Jahre aufgebürdet habe, und ich muß akzeptieren, daß es mein Fehler ist. Niemand sonst hat mir das angetan. Ich selbst hab' mir das angetan.«

»Klingt, als hättest du das Gefühl, daß du dich nicht mehr unter Kontrolle hast.« Heteras haben immer das Gefühl, sich nicht mehr unter Kontrolle zu haben.

»Ja, ich glaube, das hat eine Menge damit zu tun.«

So weit, so gut.

Wir redeten noch eine Weile weiter, während Vivian Cognac in Souvenir-Schnapsgläser von der Weltausstellung in Knoxville goß. »Es ist wegen meinem Freund. Ich weiß nicht, was ich mit ihm machen soll. Er hat ein paar ziemlich tolle Eigenschaften, und dann hat er auch noch ein paar ziemlich scheußliche Eigenschaften. Wenn ich doch nur immer schön, charmant, geistreich und leidenschaftlich sein könnte, dann wäre er um einiges interessanter.«

»Vivian, das klingt ein bißchen abgedreht.«

»Ja, stimmt wohl.«

Ich zündete mir eine von ihren Zigaretten an, Marlboro Lights, genau wie Lillian, aber da hörte es mit den Gemeinsamkeiten auch schon auf.

»Manchmal glaube ich, mein Leben mit Männern ist so erbärmlich stereotyp. Sophie, warum magst du keine Männer?«

»Naja, ganz so würde ich es nicht ausdrücken. Ich mag manche Männer, meinen Bruder, die Tunte, die bei mir auf dem gleichen Stockwerk wohnt. Aber weißt du, ich bin noch nie einem von ihnen so nahe gewesen, daß sie mir etwas hätten tun können, abgesehen von diesen widerlichen Typen auf der Straße. Ich fürchte, ich hab' da nicht so den richtigen Draht. Eins ist sicher, ich mag es nicht, wie sie die Welt regieren, und ich mag es nicht, wie sich ihre Welt in meine hineindrängt.«

»Ich weiß nicht, Sophie, wenn ich über meine Beziehungen nachdenke, komm' ich mir vor wie eine Comicfigur.«

»Was ist aus deinem anderen Ehemann geworden, den du geheiratet hast, nachdem Jerry der Scientology beigetreten ist?«

»Ach ja, der verkauft jetzt Videospiele. Das hab' ich gerade rausgefunden. Also Daniel, so hieß er. Ich hab' ihn beim Studium in Philadelphia kennengelernt. Er war einer von diesen sanften Männern, du weißt schon, stark genug, um sanft zu sein?«

»Ich kenne den Typ.«

Jetzt fühlte sie sich besser. Das merkte ich. Sie brauchte nur eine, die ihr zuhörte.

»Naja, er las all diese Bücher über Feminismus, mit ihm zu schlafen war anders als mit anderen Männern. Es schien ihn wirklich zu interessieren, wie mein Körper funktionierte. Bei den anderen hatte ich immer das Gefühl, daß sie an mir herumfuhrwerkten, als würden sie ein Auto tunen. Aber gleichzeitig hatte ich dieses ungute Gefühl, daß es ihm nicht viel brachte außer dem Erfolgserlebnis – daß es eher eine Belastung als ein erregendes Gefühl für ihn war, ein guter Liebhaber zu sein. Wir haben sechsundsiebzig geheiratet, und ich habe eine kombinierte Promotions- und Dozentinnenstelle für italienische Sprache und Literatur an der Columbia University angenommen. Wir zogen in die Stadt zurück und freundeten uns mit anderen alten Radikalen an, die sich auf einer ziellosen Wanderung durch die Wüsten des Unibetriebs befanden. Ich schloß mich einer marxistisch-feministischen Arbeitsgruppe an.«

»Warum denn marxistisch-feministisch?«

»Ach, weißt du, als ich in der Neuen Linken war, habe ich nie eine eigene Entscheidung getroffen. Entweder Jerry oder Laura haben mir gesagt, was ich zu denken hatte. Aber auf mich allein gestellt, und sogar noch mit ein paar anderen Frauen in der gleichen bedauernswerten Lage, begann ich meinen politischen Standpunkt zu entwickeln.«

»Und zu welchem Schluß bist du gekommen? Los, Vivian, jetzt will ich es genau wissen.«

Sie holte tief Luft. »Nun, der Feminismus ist eindeutig ahistorisch und unzureichend materialistisch, aber der Marxismus führt nur eine unzulängliche Analyse der Beziehung zwischen den Geschlechtern durch. Ich habe sogar einen Artikel für eine theoretische Zeitschrift geschrieben, in dem ich die These aufgestellt habe, daß die Beziehung der Frauen zu den Produktionsmitteln von ihrer Beziehung zur Fortpflanzung bestimmt wird.«

Ich runzelte die Stirn. »Vivian.«

»Naja, es kann doch nicht alles nur aus Gefühl bestehen, es muß auch ein bißchen Wissenschaft dabei sein.«

»Ja schon, aber es kann auch nicht alles nur aus Formeln bestehen, das ist so wie Bach ohne Klang, reine Mathematik.«

»Nun, ich hab' sowieso bald das Interesse daran verloren.«

Diese Vivian – ein Bündel von Widersprüchen. Manchmal sah ich in ihr diese gefühlvolle, offene Frau und dann wieder so ein Dummchen. »Und was ist jetzt mit Daniel?«

»Daniel erzählte mir, daß er schwul sei und sich eine Geschlechtskrankheit mit Warzen eingefangen hätte. Ich hatte zwei Jahre lang keinen Sex. Aber ich schrieb meine Dissertation zu Ende und veröffentlichte mein Buch und verbrachte mehr Zeit allein in meiner Wohnung. Ich tüftelte ein kompliziertes, ausgefeiltes Archivsystem für Zeitungsausschnitte aus und baute meine Sammlung von Souvenir-Löffeln ernsthaft aus. Dann begann ich am Hunter-College zu unterrichten. Mein Leben stabilisierte sich. Ich ging ins Kino, ich zimmerte mir mein Leben als geschlossene Einheit zurecht. Jede Beziehung bedeutete ein gewaltsames Eindringen, aber ich wußte, daß ich Beziehungen brauchte, weil ich gern andere Leute hatte, denen ich erzählen konnte, was ich gerade tat. Dann fing ich eine Affäre mit dem Abteilungsleiter an. Ich verbrachte eine Menge Zeit im Foyer des Hauses, in dem er wohnte, und machte mich unsichtbar, wenn er in Begleitung seiner Frau aus dem Aufzug kam, verstehst du, wenn ich erwartet hatte, daß ich die Zeit mit ihm verbringen würde. Hinterher rief er mich dann immer an und sagte, wie gern er mich vögeln wollte.«

»Was hast du gemacht?«

»Ich hab' mich mit dem Wachmann angefreundet. Eines Abends gingen wir was trinken. Dann gingen wir miteinander ins Bett. Er wollte bei mir einziehen. Als der Mann meiner Schwester nach Idaho versetzt wurde, boten sie mir an, für ein Jahr in ihrem Haus zu wohnen, während sie probeweise dort hinzogen. Und hier sind wir nun also.«

»Du und dein Wachmann.«

»So 'ne Art postmoderne Romanze, findest du nicht?«

Der Cognac machte mich nervös. »Vivian, laß uns diese Bilder anschauen.«

Ihr Gesicht hellte sich auf, und sie zog ein altes Album aus dem Regal. »Hier sind Laura und ich bei einer Demo im Washington Square Park. Sieh nur, wir tragen beide Blumen im Haar. Die Frau da drüben entpuppte sich später als Polizeibeamtin. Die andere Frau im Hintergrund, die wurde von der Nationalgarde getötet.«

»Ihr zwei habt aber wirklich 'ne Menge zusammen durchgemacht, was?«

»Allerdings. Auch wenn wir nicht zusammen sind, denke ich manchmal, daß so vieles von dem, was ich durchgemacht habe, etwas mit Laura zu tun hat. Manchmal, wenn ich das Gefühl habe, es sei ein Traum gewesen, versuche ich es auseinanderzupflücken. Dann wird mir bewußt, daß es zu kompliziert ist, um es zu verstehen. Daran merke ich, daß es wirklich passiert ist. Weißt du, ich war schon immer ein bißchen paranoid. Hab' mich nie so ganz darauf verlassen, daß Leute, die nett zu mir waren, mich auch wirklich mochten, ich hab' immer gedacht, sie wären hinter was anderem her. Nach einer Weile gewöhnte ich mich an dieses Gefühl. Ich kam zu dem Schluß, daß es bei einer neurotischen Frau in den Dreißigern eben dazugehört. Dann, vor zwei Jahren, konnte ich unter dem Gesetz der Informationsfreiheit Einsicht in meine FBI-Akte nehmen. Ich entdeckte, daß Laura und ich im letzten Jahr unseres Zusammenlebens jeden Tag von Agenten verfolgt worden waren. Kannst du dir das vorstellen? Kein Wunder, daß wir beide einen Nervenzusammenbruch kriegten. Diese Art von Überwachung kriecht dir unter die Haut. Der ganze Zeitabschnitt, den wir durchlebten, hatte so was Unnatürliches. Ich weiß nicht, ob sich eine von uns wirklich wieder davon erholt hat. Ich weiß nicht, ob wir das wirklich wollen.«

»Ich wußte nicht, daß du auch einen Zusammenbruch hattest. Zur gleichen Zeit wie Laura?«

»Ja, direkt nachdem ich geheiratet hatte.«

»Das klingt so, als hättet ihr, du und Laura, eine ziemlich intensive Bindung gehabt.«

»Ich nehme an, so könnte man's nennen. Man könnte es denken.« Sie goß sich Cognac nach. »Du kannst denken, was du willst, Sophie, daß ich Dinge verdränge oder eine ewige heimliche Lesbe bin. Ich glaube, du empfindest eine dünne, aber solide Schicht von Verachtung für mich. Die Heterosexualität hat für mich keine ihrer Verheißungen erfüllt, aber ich bin die ganze Zeit Hetera gewesen, und das muß einen Grund haben. Entweder verdränge ich etwas ganz jämmerlich, oder ich bin wirklich Hetera. Weißt du, Sophie, ich hab' noch nie eine Frau auch nur geküßt. Kannst du dir das vorstellen? Oh, ich war im Lauf der Jahre oft dicht, ganz dicht davor, aber im letzten Moment konnte ich es einfach nie durchziehen. Ich glaube, ich wußte, daß ich für diesen ersten Schritt all meinen Mut zusammennehmen müßte und daß es nur ein erster Schritt sein würde. Ich hab' mal versucht, eine Liste aufzustellen, wieviele Stufen du durchlaufen mußt, bis du wirklich die Geliebte einer Frau bist, und ich hab' erkannt, daß ich nicht genug Ausdauer hab', um sie alle hinter mich zu bringen.«

Die Zigaretten waren aufgeraucht, aber ich brauchte unbedingt eine. Ich holte Blättchen zum Drehen raus und fing an, die Kippen aufzudröseln. »Nun, was spricht denn deiner Meinung nach dafür und was dagegen?«

»Naja, dafür spricht, daß ich gern eine Beziehung mit einer Person hätte, die nett zu mir ist. Die Phantasie ist bezeichnend, nicht wahr? Ich hab' wohl immer noch eine märchenhafte Vorstellung davon, wie Frauen miteinander umgehen. Es ist so komisch, weißt du, Anfang der Siebziger hatte eines Tages die halbe Frauenbewegung ihr Coming-out als Lesben. Es war so, als hätten wir alle herumgesessen, und dann kam der Eiswagen, und als ich mich plötzlich umsah, waren alle rausgerannt, um sich ein Eis zu holen.«

»Alle außer dir.«

»Ich wußte nicht, wo sie alle hingelaufen waren. Oh, viele dieser Frauen sind wieder hetera, aber ihre Sexualität gibt ihnen zumindest das Gefühl, irgendwie in Bewegung zu sein...«

»Und was spricht dagegen?«

»Nun, mein größter Vorbehalt wäre der, daß ich mittendrin ausflippen würde und eigentlich gar nicht da sein wollte, oder noch schlimmer, daß es mir so gut gefallen würde, daß ich nie mehr zurückgehen würde, und meine ganze Welt wäre auf den Kopf gestellt.«

»Das spricht dagegen?«

»Ich meine, es ist doch peinlich, Sophie. Ich habe Angst davor, daß ich nicht weiß, wie ich eine Frau lieben soll. Ich würde nicht wissen, wann ich wie viele Finger benutzen soll oder in welchem Rhythmus, oder woran ich merke, ob es ihr wirklich gefallen hat. Das ist mir peinlich. Ich bin es gewohnt, kompetent zu sein. Ich meine, ich hab' eine Dissertation geschrieben, oder nicht?«

Ich rauchte meine kostbare Zigarette. »Nun, es gibt Wege, etwas mit einer Frau anzufangen, Vivian, bei denen all diese Ängste berücksichtigt werden. Ich meine, du könntest es schrittweise angehen. Du weißt schon, euch für euer Zusammensein ein Zeitlimit setzen, damit du genau weißt, was du zu erwarten hast, und dann würde die Entscheidung bei dir liegen, wann du einen Schritt weitergehen willst. Du könntest also die Brüste einer Frau wirklich genießen, ohne dir Sorgen darüber zu machen, daß du zu tief reingerätst, daß es dir sozusagen über den Kopf wächst.« Wir wurden beide rot. »So würdest du die Kontrolle und Verantwortung behalten und nichts tun, was du nicht willst.«

Ich konnte sehen, daß sie darüber nachdachte. Es war sehr einleuchtend. Insgeheim klopfte ich mir auf die Schulter. Wir schwiegen. Für einen Moment schauten wir uns voll in die Augen. Ich sah sie, wie sie wirklich war. Irgendwie schön und häßlich und verletzbar, die Narben ihrer Teenager-Akne schimmerten durch. Ich war froh, daß sie keinen Lippenstift trug.

»Nun, Sophie, was wäre denn der erste Schritt?«

Mein Augenblick war gekommen. Ich mußte meine Karten ausspielen.

»Naja, wir könnten uns miteinander hinlegen und dicht beisammen sein.«

»Das klingt nicht so gut. Ich glaube, ich könnte dann anfangen zu kichern.« Sie feilschte.

»Na, dann könnten wir uns einfach nur küssen, und das wäre echt schön, ich würde dich nämlich wirklich gern küssen.«

»Jaaah, ich würde dich auch gern küssen.«

Ich dachte, ich würde sterben. Es war so intensiv. Wir saßen einen Moment da. Sie wandte den Kopf zu mir um und wich dann zurück.

»Vivian, würdest du mich gern küssen?«

»Dräng mich nicht, okay?« Sie war angespannt. »Laß mich einfach sein, wie ich bin. Laß mich einfach ein bißchen in Ruhe. Laß mich die Aggressive sein, das wäre mir lieber. Laß mich einfach machen.«

Ich wartete und wartete. Scheiße, dachte ich. Ich hab's total verbockt. Jetzt mußte ich aus dem Haus gehen und dabei aufpassen, daß meine Integrität unverletzt blieb.

Da lehnte sie sich zu mir herüber, und wir küßten uns einfach wie zwei Frauen, Wange an Wange, Bisse und Lecken, Lippen, die miteinander verschmelzen. Es war wunderbar.

»Es ist wunderbar,« sagte sie.

Als ihre Arme um meinen Hals lagen und ihr Körper eng an meinen gepreßt war, griff ich in meine Tasche. Mit einer Hand an ihrer Taille sagte ich: »Vivian, ist das deiner?« und hielt den silbernen Koks-Löffel hoch.

Wir fuhren in Vivians VW-Käfer. Es war so gegen zwei Uhr morgens.

»Wohin fahren wir, Vivian?«

»Ich weiß nicht. Ich fahr' einfach drauflos.«

»Wohin kann man in Westchester gehen, wenn man mitten in der Nacht miteinander reden muß?«

»Ich weiß nicht.«

Ich hatte also meine Trumpfkarte ausgespielt, und Vivian war deshalb ganz schön durcheinander. Ich fühlte mich nicht wie ein superschlauer Held. Ich wußte nicht, was sie vorhatte, aber ich hatte das Gefühl, daß sie es auch nicht wußte. Wir waren nun schon einige Zeit durch die Vororte gekurvt.

»Ich muß tanken.« Wir bogen in eine Tankstelle am Rand eines großen Einkaufszentrums ein. »Könntest du mir meine Brieftasche geben? Sie ist im Handschuhfach.«

»Klar.« Ich klappte es auf, und da klebte ein Bild eines ziemlich fies und unangenehm aussehenden Mannes mit kurzgeschnittenem Haar. Ich konnte es im Tankstellenlicht nicht gut sehen, aber er schien einen Army-Kampfanzug zu tragen. Irgendwas an ihm kam mir bekannt vor und bereitete mir ein ungutes Gefühl. »Wer ist das?«

»Mein Alter. Er ist Söldner. Das Bild ist aus der Zeit, als er bei den Ledernacken war.«

»Erzähl kein' Scheiß. Vivian, du steckst ja voller Überraschungen.«

»Jaja, ich mache einen Fehler nach dem anderen. Ich weiß nicht mal, wie ich in diese Beziehung reingeraten bin. Schau, Sophie, ich weiß, daß du mich für so ein schmutziges, falsches, manipulierendes Luder hältst, aber das bin ich wirklich nicht. Ich hab' nur einfach nicht die Energie, dir jetzt alles zu erklären. Wer bist du eigentlich? Woher kommst du? Du warst eine

Wildfremde für mich, und urplötzlich schulde ich dir all diese Erklärungen. Woher weiß ich, daß du nicht von den Bullen bist?«

»Red nicht so 'n Mist.«

Sie unterschrieb ihren Kreditkartenbeleg, und wir fuhren weiter.

Das Einkaufszentrum war hell erleuchtet. Auf dem Parkplatz fuhren Autos hin und her. Junge Leute hingen herum, rauchten Shit und tranken Flaschen mit Boone's Farm-Erdbeerwein.

»Was geht denn hier ab?«

»Es ist wegen dem Vorweihnachtsgeschäft. Der Stadtrat hat beschlossen, das Ding dieses Jahr vierundzwanzig Stunden offenzuhalten, versuchsweise. Das schafft Arbeitsplätze.«

»Jaja, da wett' ich drauf.«

Sie parkte seitlich neben dem Rite-Aid-Discount-Drugstore und schaltete das Radio an.

»Also, erzähl mir mehr von deinem Macker. Hält er immer noch ehebrecherischen Uni-Professoren die Türen auf?«

»Er spart sein Geld. Er will nach Angola.« Sie wirkte stoned. »Warte hier, Sophie, ich bin gleich zurück.«

Ich überlegte, ob ich etwas sagen sollte wie »Okay, aber keine krummen Touren«, entschied mich dann aber dagegen. Vivian hatte schon mehr als genug Räuber-und-Gendarm-Spiele erlebt. »Hey, denk dran, Zigaretten zu holen«, rief ich aus dem Fenster.

»Welche Marke?«

»Spielt keine Rolle.«

Ich sah den Kids zu, wie sie tanzten und tranken und ihren Spaß hatten. Die Ärmsten, in der Vorstadt aufzuwachsen muß so abgrundtief langweilig sein. Entweder verbringst du dein Leben mit »außerschulischen Aktivitäten« oder du bist ein Rocker und verschwendest deinen Grips auf abgefahrenen Rock-'n'-Roll und schlechte Drogen. Es sei denn, du bist reich. Dann studierst du BWL, krallst dir eine Eigentumswohnung im East Village, kaufst einen Tante-Emma-Laden auf und machst eine Weinstube daraus.

»Hier, ich habe dir Lucky Strikes geholt. Damit dir Haare auf der Brust wachsen.«

»Sehr witzig.«

Mir war nicht klar, ob Vivian und ich uns stritten oder was. Ich wartete auf Informationen. Sie wartete auf den Morgen. Sie zog eine Flasche aus einer Rite-Aid-Tüte und schluckte sehr schnell drei Pillen.

»Vivian, was ist das?«

»Es ist für meine Nerven, ich hab's verschrieben bekommen. Ich bin im Moment ein bißchen gestreßt, und ich möchte nicht depressiv werden, sonst brech' ich einfach zusammen, kotze dich voll, und das ist nicht angenehm. Ich will einfach meinen Kopf klar kriegen.«

»Na schön, aber drei? Ist das nicht ein bißchen viel? Vivian, ich hoffe, du spielst nicht mit dem Gedanken an Selbstmord in Westchester als endgültige Lösung dieses kleinen Problems, das wir haben. Bald wird alles vorbei sein. Du wirst sehen. In ein paar Jahren wirst du auf diese Nacht zurückblicken können und sie begreifen. Es wird eine nette Erinnerung sein.«

»Sophie, noch nie in meinem Leben ist mir etwas anderes eingefallen als Fragen, wenn ich an Momente wie diesen zurückgedacht habe. Beunruhigende, deprimierende Fragen.«

Sie ließ den Motor an. Wir fuhren an der Scarsdale-Highschool vorbei, als das Football-Team gerade sein frühmorgendliches Aufwärmtraining begann. Über der Malstange ging gerade die Sonne auf.

»Sophie, mir wird schlecht.«

Sie fuhr rechts ran und hielt an. Sobald die Tür aufklappte, ergoß sich ein Strom von Erbrochenem aus Vivians Mund. Ich ließ sie alles herauskotzen. Ich legte meine Arme um sie. Sie fühlte sich so dünn und müde an. Ich küßte ihr Haar und flüsterte in ihren Nacken, daß alles gut werden würde. Ich wischte ihr das Gesicht mit meinem Hemd ab, und sie vergrub ihren Kopf zwischen meinen Brüsten und weinte, bis wir beide einschliefen.

VIERUNDDREISSIG

Ich hörte, wie sich Vivian aufsetzte und den Motor anließ, aber ich hatte keine Lust, die Augen aufzumachen. Kinder schrien auf dem Schulhof, und ich spürte die Sonne warm auf meinem Gesicht. Es war mal wieder so ein Morgen. Wie wenn du die ganze Nacht durchgefahren bist, um durch Nebraska zu kommen, und wenn die Sonne aufgeht, stellst du fest, daß du immer noch Iowa vor dir hast. Kein Grund zur Aufregung.

Als ich anfing, mich zu strecken und um mich zu blicken, bogen wir gerade in die Hartsdale Avenue ein. Ich hatte den Eindruck, als würden da für eine ruhige Vorstadt unheimlich viele Autos auf der Straße parken. Unheimlich viele, darunter Polizeiwagen. Als wir vor dem Haus in die Einfahrt fuhren, hatte sich in Vivians Garten eine richtige Menschenmenge angesammelt. Sie tappten ungeschickt herum und zertrampelten die ganzen Büsche. Polizisten in Uniform und Zivil machten sich Notizen in kleine Schreibblöcke. Wir stiegen langsam aus dem Wagen und gingen zur Haustür.

»Das ist mein Haus. Was gibt es für ein Problem, Officer?«

Dann sah ich sie. Ich verschluckte fast meine Zunge. Eva, die wahre Liebe meiner Teenagerjahre, diese Schnepfe. Aber da war sie, in ihrem Tweed-Kostüm und in Lederpumps. Der Mann, der neben ihr stand, war groß und gebräunt. Sie kam mit forschen, federnden Schritten herüber, ohne mit der Wimper zu zucken. Der Sonnengott sprach als erster.

»Miss Beck?«

»Ja?«

»Ich bin Peter Pope, der Bezirksstaatsanwalt für diese Gegend. Kennen Sie diesen Mann?«

Er wedelte mit einem Bild von Vivs Guerrilla-Wachmann herum.

»Ja.«

»Ich fürchte, Miss Beck, daß er wegen Mordverdachts festgenommen wurde.«

»Oh.«

Vivian war nicht überrascht. Mir war nicht klar, ob sie es die ganze Zeit über gewußt hatte oder ob sie sich einfach an massive Enttäuschung und ein gebrochenes Herz gewöhnt hatte.

»Eva, nimm den Namen dieser Dame auf, während ich Miss Beck ein paar Fragen stelle.«

Er ging mit Vivian weg, ins Haus.

Und so waren Eva und ich nach Jahren der Verwunderung, der Wut und der Phantasien endlich wieder allein miteinander. Sie in ihren Nylonstrümpfen und ich in meinem Hemd mit Flecken von Erbrochenem.

»Name?«

»Lanie Kazan.«

»Beruf?«

»Ich singe im ›Rainbow Room‹. Eva, was tust du hier?«

»Verhältnis zu der Verdächtigen?«

»Wir haben eine Fahrgemeinschaft.«

»Sophie, ich weiß nicht, wo dein Problem liegt, aber du solltest nicht hier sein. Du bist Zeugin in einem Fall, der rein gar nichts mit dem hier zu tun hat. Also, wenn du schlau bist, machst du einfach, daß du hier wegkommst, und redest nie mehr ein Wort mit irgend jemand von diesen Leuten. Ich geb' dir eine Chance.«

Sie sah mir direkt in die Augen. Ich erinnerte mich wieder an diese babyblauen Augen mit gelben und grünen Zickzacklinien.

»Erzähl mir nur eins«, sagte ich, »wen hat ihr Alter denn ausgepustet? Ein politischer Mord? War er ein bezahlter Killer? Hat er Handgranaten oder Giftgas benutzt?«

Sie sah mich wieder an. Mir fiel wieder ein, wie rosa ihre Lippen waren. Mir fiel wieder ein, daß sie dieselbe Farbe hatten wie ihre Brustwarzen.

»Er hat einen Schwulen umgebracht.«

Sie ging weg.
»Danke, Eva«, sagte ich zu mir selbst. »Danke, daß du mich von der Angel gelassen hast.«
Ich wandte mich zum Gehen und wollte mich gerade unter die Menschenmenge mischen, da stolperte ich direkt Lillian und Mrs. Noseworthy in die Arme. »Hallo Mädels. Kommt ihr oft hier vorbei?«
»Sophie.« Lillian warf die Arme um mich, Tränen liefen ihre Wangen hinunter. »Wie fühlst du dich?«
»Als würde ich von 'nem LSD-Trip runterkommen. Lillian, Mrs. Noseworthy, was geht hier vor?«
»Sophie, steigen Sie in meinen Wagen, und wir werden Ihnen die ganze Geschichte erzählen.« Mrs. Noseworthys graues Haar hob sich wunderschön von dem gelben und roten Laub ab. Sie zeigte auf so ein kleines ausländisches Ding.
»Mrs. Noseworthy, Sie fahren einen lavendelblauen BMW?«
»Er gibt mir das Gefühl, jung zu sein.«
»Jede Wette.«
Wir fuhren weg, raus aus diesem heillosen Durcheinander. Ich fühlte mich high, weil ich nichts gegessen hatte, aber meine Phantasie war ermattet, weil ich sie überstrapaziert hatte. Ich wollte für Vivian da sein, aber ich wußte, daß das nicht ging. Ich hoffte nur, daß sie alles gut überstehen würde, damit ich sie wiedersehen konnte. Wenn ich Leute in ihrer schlimmsten Krise erlebe, führt das aus irgendeinem Grunde meistens dazu, daß ich sie liebgewinne. Naja, nicht immer.
Lillian schloß mich in ihre kräftigen Arme, und ich lehnte mich gemütlich an ihren weichen Körper. »Okay, Lil, laß mich die Wahnsinnsstory hören.«

FÜNFUNDDREISSIG

»Wissen Sie was, Mrs. Noseworthy, ich hatte bei diesem Fall permanent ein Gefühl von Übelkeit. Finden Sie das normal?«

»Nun, Sophie, die meisten Detektive haben ihre kleinen Eigenheiten. Nero Wolfe verläßt nie seine Wohnung, Spencer ist ein Gourmet-Koch, King James hat seit zehn Jahren nicht mehr mit seiner Frau geschlafen und mag Pfefferminzbonbons. Ich würde sagen, Übelkeit ist eine gute Eigenschaft für eine Detektivin. Vor allem, weil es eine ziemlich ekelhafte Beschäftigung ist, gewerbsmäßig im Leben anderer Leute herumzuschnüffeln.«

Mein Kopf tat weh.

»Fühlst du dich wirklich übel, Sophili?« Lillian war ungewöhnlich vergnügt.

»Ich fühle mich allmählich so übel, daß mir nichts anderes einfällt, was ich sagen könnte.«

»Sophie, wenn dir nichts einfällt, was du sagen könntest, dann mußt du im Sterben liegen.« Sie lachte in sich hinein. Weshalb war Lillian so aufgekratzt?

»Also, Lily, nun erzähl mir schon endlich die Geschichte.«

»Naja, nachdem du gegangen warst, war ich ziemlich sauer auf dich. Ich hockte mit Evan in deiner häßlichen Wohnung und regte mich auf. Ich saß gerade am Fenster und weinte, da klingelte das Telefon. Es war eine ganz goldige, tröstliche Stimme – Mrs. Noseworthy. Hast du gewußt, daß sie King James ist? Warum hast du mir das nicht erzählt? Tja, sie war so nett und lud mich ein, zum Tee rüberzukommen, und wir unterhielten uns über ihre Bücher und deinen Fall. Wir gingen alle Fakten durch.«

Lillian lächelte Mrs. Noseworthy im Rückspiegel zu. »Dabei kamen wir auf Mukul Garg.«

»Mukul Garg?«

»Seymours Wachmann. Erinnerst du dich?«

Ein Schauer lief durch meinen Körper. Gleich würde mir irgendetwas sehr Unerfreuliches mitten in meinen kleinen Schoß fallen.

»Naja, eigentlich nur, um etwas mehr über ihn rauszufinden, fuhren Mrs. Noseworthy und ich rauf nach Central Park West, Hausnummer dreiundfünfzig, und redeten mit den anderen Angestellten in dem Gebäude über ihn, und mit ein paar von den Mietern. Einer, so 'n älterer Mann, Professor oder was, war äußerst hilfsbereit. Wir fanden heraus, daß Mukul in White Plains lebt und daß er tatsächlich haargenau im selben Haus wohnt wie –«

»Vivian Beck.«

Mein Kopf schoß gegen das Autodach.

»Stimmt genau, Sophie, Vivian Becks Freund war der Wachmann. Aber das müssen Sie ja inzwischen alles wissen, denn Sie waren ja schließlich am Tatort.«

»Ähm, sicher, Mrs. Noseworthy, nach einer Weile hatte ich das alles rausgekriegt.«

»Welche Hinweise haben Sie darauf gebracht?«

»Ach, Intuition, ich hab 'ne hervorragende Menschenkenntnis.«

»Nun, meine Liebe, als wir erkannten, daß Sie nichtsahnend in eine möglicherweise explosive Situation hineinliefen, rief ich anonym die Polizei an, mit meinem schönsten italienischen Akzent. Ich fand das der Situation angemessen.«

»Sophie, du hättest dabeisein müssen, sie war einfach großartig. Sie gab ihnen den Tip, daß Seymours Mörder unter der Adresse in Westchester zu finden sein würde. Sie ist mal in Italien gewesen und so.«

Der Samstagnachmittagsverkehr wurde dichter, je näher wir der Stadt kamen. Es war lange her, daß ich mal was zum Vergnügen getan hatte, zu einem Baseballspiel gehen zum Beispiel. Vielleicht sollte ich einen Tag freinehmen. Ein bißchen Schach spielen, meine Briefmarkensammlung ansehen. Mir ein Museum reinziehen. Hey, das wär' doch 'ne nette Idee.

»Ich nehme an, Vivian ist in den Mord verwickelt.«

»Nun, das dachte ich zuerst auch.« Mrs. Noseworthy wirkte immer so ausgeglichen und klarsichtig. Vielleicht liegt das am Alter. Aber wahrscheinlich nicht. »Inzwischen bin ich allerdings vom Gegenteil überzeugt. Wir sind heute frühmorgens bei Vivians Haus angekommen, kurz vor der Polizei. Die brauchen ja so lange, um irgendwas zu unternehmen. Dieser Mann muß sich mit jenem abstimmen, und der muß wiederum von einem anderen Mann die Erlaubnis bekommen. Es schließt jede phantasievolle Spontanität von vornherein aus. Außer wenn es zu Gewalttätigkeiten kommt, natürlich. Na jedenfalls, wir saßen kurz vor Sonnenaufgang hier in meinem Wagen und haben recht nett geplaudert.«

»Über die Fauna am Kap und wie sie sich von der in Nord-Michigan unterscheidet.« Ich hatte Lillian noch nie so begeistert erlebt.

»Ja, es war sehr angenehm. Dann kamen dieser Mister Pope und seine Kollegin die Einfahrt hochgefahren, mit vier oder fünf Polizeiwagen. Alle voll mit dicken Männern mit Halbglatze und Pistolen. Sie umstellten das Haus und forderten Mukul auf, sich zu ergeben. Er kam ans Fenster und sah hinaus auf ein Meer von Polizeibeamten, die ihre Pistolen auf ihn gerichtet hatten. Er war im Schlafanzug. Ich nehme an, sein soldatisches Gespür sagte ihm, daß es nicht der richtige Moment sei, um den Heldentod zu sterben, also band er ein kleines weißes Taschentuch um seine elektrische Zahnbürste und schwenkte es aus dem Fenster.«

Wir fuhren die Ninth Avenue entlang. Die Hupen dröhnten, die Dealer verkauften ihren Stoff, die Penner schnorrten Geld. Was für eine Erleichterung.

»Inzwischen hatte sich eine Menschenmenge angesammelt. Sobald er aus dem Haus kam, fing Mukul an zu weinen. Sie wissen ja, daß er aussieht wie ein Gorilla, aber innerlich schien er ziemlich weich zu sein. Er sagte, er wußte, daß seine Frau ein Verhältnis mit Seymour hatte, und als ihm klar wurde, auf welche Art Sex Seymour stand, konnte er den Gedanken nicht ertragen, daß Vivian Epsteins ... nun ja, Domina war. Nein, ich glaube, das ist nicht das Wort, das er benutzt hat.«

»Nutte ... er hat Nutte gesagt.«

»Ja, danke, Lillian.«

»Oh Gott, das arme Kerlchen«, sagte ich. »Vivian hat Seymour die ganze Zeit Koks verkauft, und ihr Alter hat gedacht, sie würde mit ihm rumbumsen, und geht hin und bringt den Mistkerl um. Scheiße. Gott, was konnte Vivian bloß an so einem Typ finden? Alles andere an ihr ist völlig stimmig. Sie war berechenbar. Aber dieser Ledernacken-Wachmann mit Bürstenschnitt. Ich weiß nicht.«

»Ach, Sophie ... Es sollte dich eigentlich nicht so sehr verwundern. Das ist ein Teil der Bürde, heterosexuell zu sein. Tut mir leid, Mrs. Noseworthy ...«

»Schon in Ordnung, Lillian, wir dürfen alle unsere eigene Meinung haben.«

»Danke. Weißt du, Soph, sie mühen und mühen sich ab, einen Mann zu finden, der anders ist, und alles, was sie kriegen, sind falsche Versprechungen, Enttäuschung und eine Passivität, die sie für Sanftheit halten. Sie können einfach nicht aufhören. Es ist zwanghaft. Vivian hatte wohl gerade den Punkt erreicht, wo sie etwas mit einem Mann anfing, der keinen Anspruch darauf erhob, anders zu sein. Er zeigte ganz offen, was für ein Arschloch er ist, und sie konnte genau einschätzen, was bei der Sache für sie drin war und was nicht. Vielleicht ist es auf die Art nicht so enttäuschend.«

Wir stiegen die sechs Stockwerke zu meiner Wohnung hoch. »Lily, ich muß dir ein Geständnis machen. Ich hab' mich wegen einer Hetera zur Närrin gemacht.«

»Nicht schon wieder.«

»Ich fürchte, doch.«

»Mein armer Schatz. Komm, ich laß' dir ein schönes heißes Bad einlaufen.«

SECHSUNDDREISSIG

Es war Montag nachmittag. Melonie und ich waren beim Frühstück. Ein doppelter Jim Beam Sour Mash und ein Molson zum Runterspülen. Melonie hatte gerade einen Auftritt hinter sich und wirkte frisch wie eine Kumquat. Sie trug Fallschirmspringerhosen aus Khaki, ein weißes Hemd, eine schwarze Lederjacke und eine blaue Glitzerkrawatte. Sie sah echt scharf aus. Ich trug meine Hose und mein Hemd. Ich sah echt müde aus.

»Okay, Melonie. Diesmal möchte ich es direkt von dir hören. Ich hoffe, ich brauch' dir nicht zu sagen, wie sauer ich bin. Hör mir zu. Ich wäre fast in einen bizarren Mord verwickelt worden, habe Staatsfeindin Nummer Eins höchstpersönlich getroffen, habe eine Vorladung vors Große Geschworenengericht bekommen und hätte um ein Haar mit einem Vietnam-Veteranen zu tun gekriegt, während ich es mit seiner neurotischen Freundin trieb. Also erzähl mir doch zur Abwechslung mal die Wahrheit. Hmmm?«

»Na schön, Sophie.« Sie war so kühl wie eine Gurke in Montana im Dezember. »Ich hab' Vivian dieses Koks besorgt, als sie mir erzählte, was sie vorhatte. Laura zu helfen.«

»Laura?« Ich bestellte noch eine Runde.

»Ja doch. Vivian hält sich immer noch für die einzige Person auf der Welt, der es wirklich etwas ausmacht, ob Laura Wolfe lebt oder stirbt. Sie hat noch nichts von ihr gehört, aber Vivian rechnet damit, daß früher oder später eine Nachricht kommt, und sie wollte eine große Geldsumme bereithalten, um Laura zu helfen, außer Landes zu kommen oder was.« Melonie kramte eine Schachtel Rothman Internationals hervor. Die mit der Goldbanderole.

»Hey Melonie, willst du wissen, was zum Henker ich kleines Dummchen ganz allein herausbekommen habe?«

Sie zog nicht mal eine Augenbraue hoch. Ich hatte das Gefühl, daß sie sich hinter ihrer Psychologinnen-Pose versteckte: Nun mach schon, du kleines Nichts, schrei und kreisch und erzähl mir alles. Ich werde alles in mein Buch schreiben. Ich werde nichts dazu sagen. Mach weiter, Feigling.

»Ja?«

»Du warst es, die Germaine Covington erzählt hat, daß ich in dieser Nacht in Seymours Wohnung war. Hab' ich recht? Du mußt es gewesen sein. Du bist die einzige, die genug Informationen hatte, um dahinterzukommen.«

»Naja, ich kenn' dich nicht besonders gut, das stimmt, aber ich kann gut genug diagnostizieren, um zu wissen, daß es nur um eine Story gehen kann, wenn du, Sophie, dir Lederklamotten borgst. Da ich von Seymours Vorlieben und deinem Gespräch mit Henry wußte, paßte alles sehr schön zusammen, bis Seymour umgebracht wurde. Dann hatte ich eine Menge Fragen.«

»So ging's mir auch.«

»Aber meine sind beantwortet.«

Da hatte sie recht. »Melonie, du hast also all die Jahre mit Germaine Kontakt gehalten.«

»Eine mußte ja zu ihr halten. Sie ist eine Revolutionärin, weißt du.« Melonies Augen glühten. Ich erkannte diesen Blick wieder. Diesen kalten, leeren Blick. Ich wollte nicht noch mehr wissen. Je mehr Informationen sie mir gab, desto mehr geriet ich in Schwierigkeiten. Ich versuchte, diese Diskussion abzuschließen.

»Tja, Mel, es war toll, mit dir zu reden, aber ich hab' Wäsche im Trockner, und ich glaube, ich hab' meine Schreibmaschine angelassen.«

»Hör zu, Sophie, ich bin älter als du, und es gibt ein paar Dinge, von denen du nichts weißt, also hör gut zu. Ich bin in Chinatown aufgewachsen. Ich war die einzige, die Englisch sprach, also nahmen sie mich mit sechs Jahren zum Übersetzen mit, wenn der Mann von der Stadt kam, um den Familienbetrieb zu inspizieren. Ich war also klug und wurde auf eine rein weiße Schule für – in Anführungsstrichen – intellektuell begabte Mädchen geschickt. Da waren fünf von uns aus Chinatown, und wir brachten unser Mittagessen immer in gespülten und wiederverwendeten Plastiknäpfen von zu Hause mit und aßen jeden Tag zusammen. Eine Zeitlang dachten wir, daß wir tun konnten, was wir wollten. Ich wollte Literatur studieren und Geschichten schreiben. Aber nein, ich war ja Chinesin, also wurde ich in die ganzen naturwissenschaftlichen Kurse gesteckt. Sie drängten mich in den Biologie-Leistungskurs und gaben mir ein Stipendium für Barnard, ein College, wo es auch wieder nur Weiße gab und wo sie wollten, daß ich lächelte und emsig studierte und den Rest meines Lebens in einem Labor verbrachte. Ich konnte sie davon überzeugen, daß ich Psychologie studieren wollte. Ich verbrachte jeden Tag in der Bibliothek und arbeitete, damit ich es mir auch weiterhin leisten konnte, jeden Tag in der Bibliothek zu arbeiten. Dann traf ich Henry.«

Sie strich ihr Haar aus dem Bier. »Er konnte kein Chinesisch, aber er war sich bewußt, daß er Chinese war. Er trug ein Abzeichen auf seiner Jacke, auf dem »Yellow Power« stand. Das war eine Einstellung, die mir noch nie untergekommen war. Er nahm mich mit und stellte mir seine verwöhnten, zornigen Freunde vor, die ihre Chance auf eine gute Ausbildung wegwarfen. Sie mochten mich alle, wollten mich in ihren Gruppen, bei ihren Partys dabeihaben. Weißt du warum, Sophie?«

Natürlich wußte ich, warum.

»Weil ich eine Dritte-Welt-Frau war.« Sie bebte. »Nur eine Person behandelte mich nicht so. Germaine Covington. Sie besaß mehr Charisma als alle, die ich je auf einer Filmleinwand gesehen habe. Sie erzählte mir nicht, daß mein Studium spießbürgerlich sei oder daß ich keinen festen Job in einer richtigen Klinik annehmen sollte. Dazu war sie zu klug. Sie ließ mich wissen, daß sie mir vertraute. Sie wußte, daß ich selbst darauf kommen mußte, was ich ändern wollte, und daß ich es tun würde. Sie glaubte daran, daß ich meinen eigenen Weg finden würde. Als Germaine dann in Schwierigkeiten geriet, kam sie zu mir. Sie kam zu mir, und ich half ihr gern. Ich brauchte nicht darüber nachzudenken. Es war reiner Instinkt. Ich war stark genug, um zu wissen, was richtig war, und es stimulierte mich, das Richtige zu tun, es gab mir Kraft. Ich arbeitete den ganzen Tag im Payne-Whitney-Krankenhaus, ordnete Namen unter lächerlichen Kategorien ein und beobachtete, wie die Psychologie die Leute erst richtig kaputtmacht. Und nachts beschaffte ich dann Kreditkartennummern und falsche Ausweispapiere. Ich spürte ein Kribbeln im ganzen Körper. Ein verborgener elektrischer Strom lief unter meiner Haut entlang, er brannte, und nur ich konnte ihn spüren. Dieser Strom hieß Germaine Covington.« Sie sah mir direkt in die Augen.

»Und was hat nun Germaine mit Seymour zu tun?«

»Ich hatte Seymour schon längere Zeit Drogen verkauft. Ich bekam allmählich mit, daß er illegale Geldquellen hatte und daß das Arschloch kein Geheimnis für sich behalten konnte. Er ist immer ein Arschloch gewesen. Germaine hat ihn mit Informationen erpreßt, bis er sich dazu bereit erklärte, diesen Raubüberfall zu inszenieren. Zur gleichen Zeit begannen die Nachforschungen gegen Pope, und er suchte nach einem einfachen Ausweg. Zu dritt haben sie die ganze Sache inszeniert: Pope bekommt die Unterlagen, Seymour kriegt die Story, und Germaine wird angeblich getötet.«

»Aber in Wirklichkeit wurde Germaine doch nicht getötet.«

»Nein, aber eine andere Frau. Über diese Seite der Geschichte weiß ich nichts. Pope hat alles arrangiert.«

Mit etwas Unterstützung von Henry, dachte ich im stillen und wechselte sofort das Thema. »Und was ist nun mit Laura Wolfe?«

»Ich weiß nicht. Niemand hat sie gesehen. Ich hab' gehört, dein Interesse an ihr geht über das Berufliche hinaus. Ich hab' gehört, du bist ein bißchen verliebt in sie.«

»Ach, komm schon, Melonie.« Ich hustete und ging zur Jukebox. Wir waren in einer alten polnischen Bar, Ecke Siebte und Erste Straße. Die meisten Lieder waren Polkas, aber sie hatten auch ein paar goldene Oldies. Ich spielte *Get It While You Can* von Janis und bestellte noch eine Runde.

»Versuch mich nicht zu verscheißern, Sophie. Du beherrschst hervorragende Ablenkungstaktiken.«

»Hör zu, Melonie, wenn du findest, daß dieser Psychokram Quatsch ist, dann verwende ihn nicht gegen mich.«

»Er ist Quatsch, aber für eins ist er gut. Er gibt der Person, die ihn verwendet, Macht. Und ich interessiere mich dafür, wie Macht entsteht und wie sie aufrechterhalten wird. Henry sagt, daß überall an deinen Wänden Bilder von ihr hängen. Er sagt, du weißt jede Einzelheit über ihre persönliche Geschichte. Vergiß sie, Sophie. Sie weiß nicht mal, daß es dich gibt.«

Körperlich high und seelisch am Boden zerstört, stolperte ich heimwärts, vorbei an den Dealern, den Pennern, den polnischen Frauen, die sich die Haare machen ließen, den puertoricanischen Männern, die Tito Puente hörten, den Immobilienhaien, die sich eine Quiche holten. Nachdem ich mühsam die Treppen hochgestiegen war, ließ ich mich in meiner Wohnung zusammensacken. Ich erwog, das Trinken aufzugeben. Ich hatte damit angefangen, weil ich es wirkungsvoll fand, und jetzt begann sich die Wirkung zu zeigen. Ich mußte meinen Kopf nüchtern kriegen, oder zumindest klar. Die Tatsache, daß Henry, Melonie und Vivian aus politischen Überzeugungen und persönlichen Beziehungen heraus handelten, änderte nichts daran, daß sie mich belogen hatten, und das tat weh. Himmel, diese Verbindungen waren ganz schön stark. Vivian hatte seit zehn Jahren kaum mit Laura geredet, war aber gewillt, alles für sie zu riskieren. Sie hatten sich gegenseitig zum Kunstobjekt stilisiert. Es war interessant, aber ich fühlte mich immer noch bloßgestellt, wie ein kleines Kind, das erkennt, daß es zur Cocktailparty seiner Eltern eigentlich nicht eingeladen war.

Oder wie wenn du dich mit einer Frau treffen willst, und sie taucht mit ihrem Freund auf. Kleine, subtile Botschaften, die dir sagen, daß du ein Nichts bist. Ich nahm einen Bissen von einem kalten Kartoffelkloß.

Die Geschichte war beinahe vorbei. Bald würde ich mich hinsetzen und sie aufschreiben müssen. Es ist irgendwie eine Erleichterung, wenn dieser Moment kommt. Ich hatte mit diesen Menschen und diesen Informationen gelebt, und nun war es fast vorüber. Ich konnte mich von ihnen verabschieden.

Manchmal ist es traurig, aber es ist immer erschreckend. Vielleicht wird der Zauber nie wiederkommen, vielleicht wird sich nie wieder ein interessantes Ereignis anbieten. Dann möchte ich am liebsten noch eine weitere Episode erleben. Ich weiß nie mit Bestimmtheit, ob es mir noch einmal gelingen wird, eine Story zu finden, wo sonst kein Mensch eine gesehen hat. Dieses Glück, in meiner Wohnung zu sitzen und zu tippen und gleichzeitig mit Tausenden von Leuten zu kommunizieren, ohne mit irgendwem reden zu müssen. Dann diese goldenen Momente des Ruhms, wenn ein wirklich guter Artikel erscheint und ich plötzlich Freundinnen und Freunde habe. Oder die Zeiten, wenn unter meinem Namen eine schwache journalistische Leistung erscheint und ich wochenlang von keiner Seele etwas höre. Aber ob gut oder schlecht, wenn es die neue Ausgabe der *Feminist News* am Kiosk gibt, vergessen alle für immer die früheren Ausgaben. Es ist ein intensiver Moment, dieser Pulsschlag zwischen den Reportagen, wenn ich mir selbst überlassen bin, mir und dem warmen Schnurren meiner Smith-Corona.

Evan erschien mit einem Rucksack auf dem Rücken.

»Evan, verläßt du mein entzückendes Heim?«

»Ich geh' nach Hawaii.«

»Evan, wie willst du denn nach Hawaii kommen? Schwimmen?«

»Ich fliege mit Pan Am. Erster Klasse. Ich hab' Geld verdient.«

Mein Koks. »Was für Geld?«

»Ich hab' dich beobachtet, wie du auf dieser Schreibmaschine geschrieben hast. Es sah nicht schwer aus. Ich bin ziemlich klug, weißt du.«

»Das erwähntest du bereits.«

»Also hab' ich einen Artikel geschrieben ... für *Penthouse*. Er heißt »Wann ist eine Frau gut im Bett?« Ich hab' dreitausend Dollar dafür gekriegt. Ich geh' nach Maui. Ich hab' im Kühlschrank was zu essen dagelassen – Ketchup und Senf. Kannst du behalten.«

Ich fühlte mich, als würde ich meinen Sohn ins Pfadfinderlager schicken. Vielleicht konnte ich auch einen Artikel mit dem Titel »Wann ist eine Frau gut im Bett?« für *Penthouse* schreiben, aber vielleicht müßte ich dafür noch ein bißchen mehr recherchieren.

SIEBENUNDDREISSIG

Es war eine richtig gute Idee gewesen, den Tag freizunehmen. Ursprünglich hatte ich mit Lou ein Spiel der Yankees ansehen wollen, aber er informierte mich, daß die Spielzeit längst zu Ende war und die Yankees außerdem schon Wochen vor dem Endspiel ausgeschieden waren. Und so ging ich schließlich die Fifth Avenue entlang, schön warm eingepackt gegen die beginnende Winterkälte, auf dem Weg ins Jüdische Museum.

Noch bevor ich lernte, daß es obere und untere Klassen gibt, lernte ich, daß es *uptown* und *downtown* gibt. Die deutschen Juden wohnten *uptown*, und die russischen Juden wohnten *downtown*. Eigentlich stimmte das schon gar nicht mehr, als ich geboren wurde, aber das vergaß meine Großmutter zu erwähnen, und so ist das Jüdische Museum, mit Blick auf den Central Park, für mich schon immer gleichbedeutend gewesen mit deutschen Juden.

Die meisten Ausstellungsstücke hatten etwas mit Religion zu tun, Kultgegenstände von Töpfen bis zu Kerzenhaltern, oder Bilder bestimmter Künstler, die zufällig jüdisch gewesen waren. Mir gefallen zwei Themen: die Lower Eastside und bestimmte Aspekte des Holocaust, nicht die Seite mit der Schuld und dem Leiden, sondern die ganzen Intrigen, die Geschichte und die Truppe berühmt-berüchtigter Charaktere.

Es gibt eine ganze Generation von Juden und Jüdinnen wie mir, die vom Holocaust besessen sind, so wie andere Teenager auf Mick Jagger stehen. Wir sehen uns verlegen ins Kino schleichen, um zum dritten Mal die vierstündige Version von *Das Haus nebenan* anzuschauen. Wir gehen in jede Ausstellung, jeden Film und jede Veranstaltung über den Faschismus und haben gebundene Ausgaben von *Aufstieg und Fall des Dritten Reiches* auf unseren Bücherborden stehen. Lillian sagt, wenn sie sich mit mir Dokumentarfilme über die Nazis anschaut, sei das so, wie wenn sie sich mit anderen die Oscar-Verleihung oder das Superbowl-Spiel ansieht. Ich sage dann dauernd: »Guck mal, das ist Martin Bormann, er ist bis zum Ende in Hitlers Bunker gewesen und dann abgehauen, er ist bei den Nürnberger Prozessen *in absentia* zum Tode verurteilt worden. Schau nur, schau, das ist Ernst Röhm, er war schwul, er bekam in der Nacht der langen Messer die Kugel.« Ich kenne die ganzen Typen und ihren Lebenslauf. Mir ist aufgefallen, daß sich die meisten Ausstellungen, Bücher, Filme etc. auf die Greuel der Opfer oder die Greuel der Täter konzentrieren. Aber was mich schon immer interessiert hat, das ist der kurze ruhige Zeitabschnitt nach dem Krieg, wo jüdische Frauen in Brownsville und der Bronx eines Tages gerade Wäsche aufhängten, als ein Brief kam, in dem stand, daß ihre Schwester, Mutter, Nachbarin, Freundin, ihr Dorf oder Land ausgelöscht wurde. Was sagten sie, wenn sie das erfuhren? Redeten sie miteinander darüber? Was schworen sie sich zu tun? Womit fanden sie sich ab? Das sind die Fragen, die ich mit ins Jüdische Museum bringe. Ich sehe nie Antworten. Aber ich gehe immer wieder hin. Ich warte immer noch auf die Ausstellung über jüdische Lesben; ich habe jede Menge Zeit.

Ich ging durch eine Ausstellung über die »Juden in Istanbul im 18. Jahrhundert« und warf einen Blick auf die »zeitgenössischen jüdischen Maler«. Meine Augen überflogen die Gemälde, als würde ich einen Namen im Telefonbuch suchen. Da gab es nichts, was mich ansprach. Moment mal. Da drüben in der Ecke – wenn das mal keine vertraute Szene war. Ein großer, gemütlicher, abgewetzter alter Sessel auf einem abgewetzten alten Teppich. Daneben ein Zeitschriftenständer, der von Nummern von *Forwards*, *Commentary* und *Hadassah News* überquoll. Dem Sessel gegenüber stand ein großer alter Fernseher aus den Vierzigern, mit einem Spitzendeckchen, Plastikblumen und Bar-Mitzva-Fotos bedeckt. Ich war zu Hause. Ich setzte mich in den Sessel. Automatisch wurde das Licht gedimmt, der Fernseher ging an.

Eine alte Frau mit Brille und einer Schürze erschien auf dem Bildschirm und sah mich direkt an. »Was hast du denn da für einen Fetzen an? Du blamierst uns vor den Goyim*. Du solltest dir eine gute Arbeit suchen und deinen Lebensunterhalt verdienen, damit du nicht als Bettlerin endest.«

Der Fernseher schaltete sich aus, und das Licht ging wieder an. Ich sah auf das Schild mit dem Titel. Das Werk hieß »Großmama«. Na, das nenn' ich ein gutes Kunstwerk.

Ich schlenderte noch ein bißchen herum. Ich war so ziemlich die einzige, bis auf diese Nonne. Nonnen machen mich nervös. Chrissie sagt, die meisten sind sowieso Lesben, aber ich weiß nicht recht. Ich trau' ihnen einfach nicht. Irgendwer hat mir erzählt, daß sie alle mit Christus verheiratet sind. Das klingt ziemlich abgedreht, mußt du doch zugeben.

Ich bog in eine andere Galerie ein, die Nonne folgte mir. Ich stieg die Treppe hoch. Sie schwebte hinter mir her. Das war wirklich verrückt. Wurde ich von einer Nonne angemacht? Ist sowas möglich? Es gab nur einen Weg, das herauszufinden. Ich steuerte die Damentoilette an.

»Tut mir leid, wir schließen«, schritt ein Wärter ein.

»Ach ja, natürlich, danke.« Ich stolperte zum Hauptausgang hinaus. Na, wenn sie so scharf auf mich war, dann konnte sie mir ja in den Park folgen. Es war sechs Uhr, es würden nicht viele Leute dort sein.

Wenn du erzählst, daß du aus New York bist, stellen dir die Leute gewöhnlich zwei Fragen: »Gehst du jemals aus?« und »Hast du eine Knarre dabei?« Der Trick ist, daß die Dämmerung im Herbst die beste Zeit ist, um in den Park zu gehen. Die Straßenräuber haben sich noch nicht an die Kälte gewöhnt, und du hast eine der wenigen Gelegenheiten, in New York

---

* Goyim: Nichtjuden

City im Freien allein zu sein. Außerdem ist das graue Licht so verwunschen wie die Moore in *Sturmhöhe*. Ich hab' dann das Gefühl, ich wäre im Märchen.

Ich blickte über meine Schulter, jawohl, da war sie, Schwester Mary Heroin oder wie auch immer sie hieß. Gottverdammt, hoppla, ist mir nur so rausgerutscht. Vielleicht wollte sie mich um eine Spende bitten.

Ich ging noch ein bißchen weiter. Wir kamen am Standbild von Alice im Wunderland am Teich mit den Segelbooten vorbei. Da, wo die fünfzigjährigen irischen Kindermädchen mit ihren kleinen reichen Kindern herumhängen. Wir gingen am Parkeingang 68. Straße vorbei, da, wo die zwanzigjährigen schwarzen Kindermädchen von den Inseln mit ihren kleinen reichen Kindern und ihren Rasta-Boyfriends herumhängen. Ich ging am Kinderzoo vorbei und durchquerte gerade den Tunnel, als die Uhr halb sieben schlug. Der Zoo war völlig verlassen. Ich setzte mich auf die Bank gegenüber dem leeren Seehundteich und sah zu, wie die kleinen Betonfiguren um die Uhr herumtanzten und *Silver Bells* sangen. Du kriegst die Heizung in deiner Wohnung nicht warm, die U-Bahn ist nie pünktlich, aber wenn der 1. November kommt, dann kannst du sicher sein, daß die gottverdammte Uhr *Silver Bells* spielen wird.

Ich zündete mir eine Kent Golden Light 100 an und hielt sie beim Rauchen abwechselnd in beiden Händen, damit meine Finger nicht erfroren und abfielen. Jawohl, da war sie wieder. Sie war eine kleine Nonne, eine junge. Sie setzte sich neben mich.

»Hey, Schwester, was kann ich für Sie tun?«

»Mein Name ist Laura Wolfe.«

ACHTUNDDREISSIG

Wir saßen in der Bar im Waldorf-Astoria. Sie war im Dschungel-Look eingerichtet. Die Spiegel hatten Verzierungen aus Schlangenleder, die Wände waren mit Leopardenfell bespannt. Eine blonde Bedienung in einem Safarihemd und hellbraunen Hot Pants kam zu uns.

»Möchten Sie einen Drink, Schwester?«

»Oh nein«, kicherte sie fromm, »ich nehme nur einen Orangensaft, bitte.«

»Ich nehme einen dreifachen Rum pur, ohne Eis, und dazu einen O-Saft.«

»So, Schwester.« Ich goß die Hälfte meines Drinks in ihr Glas. »Es wird Ihnen hier gefallen, sie servieren Macadamia-Nüsse.«

Laura Wolfe war ruhiger, sanfter, ausgeglichener, als ich sie in Erinnerung hatte. Obwohl – wer wußte schon, was hinter diesem Äußeren lauerte? Sie erzählte mir ihre Geschichte.

»Ich hatte nicht mehr mit Germaine gesprochen, seit sie untergetaucht war. Sie hat mich immer schlecht behandelt, weil ich nicht so eine Energiebombe war wie sie. Aber ich ließ nicht zu, daß ihr Macht-Trip zwischen uns geriet. Ich stellte meine persönlichen Gefühle zurück und unterstützte sie trotzdem, zehn Jahre lang. Es war prinzipientreu, das zu tun.«

Mir fiel auf, daß ich in letzter Zeit ziemlich oft in Bars war. »Laura, da ist etwas, das ich dich schon lange mal fragen wollte. Was hat es mit diesem ›prinzipientreu-nicht prinzipientreu‹ auf sich? Was bedeutet das alles?«

Sie holte tief Luft. »Prinzipientreu ist wie ehrenhaft. Das heißt, daß du dein persönliches Ego und deine kleinlichen Eifersuchtsgefühle zurückstellst und das tust, was objektiv richtig ist, egal, wie schwer das fällt. Du magst persönlich viel verlieren, aber am Ende gewinnt die Revolution. Das ist der

Widerspruch, das Engagement der weißen amerikanischen Mittelschichts-Revolutionärin. Du agitierst bewußt für deinen eigenen Sturz.«

Diese Laura Wolfe. Sie hat solche bizarren Ideen, und irgendwie erscheinen sie vernünftig.

»Laura, ich weiß nicht, was es ist, aber irgendwas an deiner Weltsicht, auch wenn sie in vielen ideologischen Punkten völlig richtig ist, erscheint mir hart. Sie kommt mir ein bißchen entmenschlicht vor.«

»Tja, was ist denn dein Programm?«

»Wie?«

»Was ist dein Programm, um eine Revolution herbeizuführen?«

»Naja, ich hab' eigentlich gar keins. Du meinst, so wie ein Zehn-Punkte-Plan zum Abhaken? Nein, ich habe keinen.«

»Das nächste, was du dich fragen mußt, Sophie, ist: Wie wird die Gesellschaft nach der Revolution aussehen?«

»Ach, ich weiß nicht. Ich würde sagen, das kommt darauf an, worauf die Leute stehen.«

»Nein, so kommen die Faschisten an die Macht. Wir müssen ein Programm haben, das von seiner Vision her sowohl vor- wie auch nachrevolutionär ist. Du, du bezeichnest dich als Feministin. Was bedeutet das?«

»Moment mal, Laura, ich hab' nicht diesen ganzen Scheiß durchgemacht, um mich zum guten Schluß mit dir über Politik zu streiten.«

»Beantworte einfach meine Frage.«

»Tja, ich weiß nicht recht, es bedeutet irgendwie, daß die Leute in der Lage sein sollten, über ihr eigenes Leben zu bestimmen, und daß wir alle mehr Möglichkeiten haben und uns für unsere Phantasien öffnen und versuchen sollten, neue Lebensweisen und Herausforderungen ...«

»Siehst du, du hast kein Programm.« Sie nahm einen zufriedenen Schluck.

Diese Laura Wolfe. All meine Phantasien, wie ich sie reformieren würde, waren hoffnungslos. Ich wollte ihr sagen, daß es erstens im Moment keine Revolution gibt. Zweitens, wenn es mal eine gibt, und falls es eine gute ist, und das ist ein großes Fragezeichen, dann nicht, weil die Leute ihre Menschlichkeit aus dem Fenster werfen. Da wußte ich, was ich zu tun hatte.

»Warte hier, ich muß mal telefonieren. Chrissie wartet auf mich, wir wollten uns bei der *Feminist News* treffen. Ich möchte nicht, daß sie sich Sorgen macht.«

Auf dem Weg zurück zum Tisch lächelte ich die Bedienung an und bestellte noch eine Runde.

»Also zehn Jahre lang kein Pieps«, fuhr Laura fort. »Alle anderen, die ich kannte, hatten Germaine gesehen oder ihr irgendwie geholfen. Dann, so vor drei Monaten, bekam ich einen Telefonanruf. Sie erzählte mir, sie hätte mich beobachtet, ich sei die wahre Revolutionärin, ich sei eine Vorreiterin.«

Oh, dieses Wort.

»Du mußt verstehen, Sophie, mein Leben lang haben mich diese Frauen hinter meinem Rücken ausgelacht, manchmal auch vor meinen Augen. Wie du und Chris. Ich weiß, was ihr alle über mich denkt und redet, und es tut weh, es tut jeden Tag aufs neue weh, aber ich kann dem nicht nachgeben. Das wäre so, als würde ich versuchen, mich zu verändern, um mich mit den beliebten Mädchen anzufreunden. Was soll das bringen? Also glaubte ich Germaine, als sie anrief und sagte, ich sei echt radikal. Als sie mich einlud, mich ihrem neuen Kader für den Untergrundkampf anzuschließen, glaubte ich ihr. Erst als ich in die Bank kam und erkannte, was da ablief, merkte ich, daß ich verarscht worden war. Hier bin ich nun, vierunddreißig Jahre alt. Meine Gruppe hat mich fallengelassen, die Polizei sucht nach mir. Was wird aus meinem Leben?«

Himmel, alle, mit denen ich in letzter Zeit geredet hatte, waren vierunddreißig Jahre alt. Ich machte mir eine gedankliche Notiz, daß ich mich so bald wie möglich mit Lou treffen mußte. Wir konnten uns einfach nur die Allman Brothers anhören und mußten uns über solche Dinge keine Gedanken machen.

»Was ist mit deinen Freundinnen? Was ist mit Vivian?«

»Vivian? Weißt du, ich hab' in letzter Zeit oft an sie gedacht, nachdem ich jahrelang überhaupt nicht an sie gedacht habe. Kennst du sie?«

»Wir sind uns mal begegnet.«

»Mein Gott, Vivian. Es ist so lange her. Wir waren wirklich eng befreundet, ich war so verliebt in sie. Wir schliefen immer zusammen im selben Bett und hielten uns in den Armen, aber wir haben uns nie auch nur geküßt. Alle um uns herum hatten ihr Coming-out, nur Vivian nicht. Sie hatte sich in etwas verrannt, und soviel Liebe ich ihr auch gab, es war nicht genug. Weißt du, was ich meine?«

Ich konnte es mir vorstellen.

»Zuerst dachte ich, es sei nur eine Frage der Geduld. Ich dachte, daß es wahre Liebe und Verlangen sei und daß sie das wüßte. Aber nach einer Weile wurde mir klar, daß sie mich hemmte. Wenn Vivian sich ihren eigenen Gefühlen nicht stellen und sie nicht anerkennen konnte, dann konnte sie es eben nicht, und fertig. Es war traurig, aber ich mußte sie hinter mir lassen. Ich meine, sie konnte nicht aufhören, Frauen zu lieben, sie konnte es nur nicht ausleben.«

»Es muß für dich in der Studentenbewegung unmöglich gewesen sein, Laura, es klingt so männlich und heterosexuell. Igitt.«

»Naja, es war hart, das will ich nicht leugnen, aber es machte mich auch stark. Sicherlich, ich geb' zu, daß ich jedesmal ein bißchen gestorben bin, wenn meine Arbeit übersehen wurde oder wenn sie mir bei Versammlungen nicht zuhören wollten, weil ich mit keinem gebumst habe und auch mit keinem bumsen wollte. Aber die Sache hatte zwei Seiten, weißt du, ich wollte ja eigentlich auch nichts von diesen Männern, also war ich froh, daß sie nichts von mir wollten. Wenn Vivian weinend zu mir nach Hause kam, nachdem Jerry ihr wehgetan hatte, dann wußte ich, ich würde sie in die Arme nehmen können, ihr Haar küssen und ihr in den Nacken flüstern, daß alles gut wird. Dann weinte sie, und so schliefen wir ein. Das waren unsere besten Momente. Aber damals war ich noch jung. Bald lernte ich, daß zu einer Revolution nicht Freundschaft gehört, sondern Kameradschaft.«

»Wann hast du das gelernt?«

»So um neunundsechzig oder siebzig herum.«

»Als du in die Klinik kamst?«

Sie strich ihr blondes Haar zurück in ihre Kutte. »Ach, ich verstehe, die Sensationsreporterin macht ihre Hausaufgaben.«

»Stimmt.« Es war kein tolles Gefühl.

Laura sah jünger aus als Vivian. Sie war dünn, mit elastischen Ringellöckchen und blauen, blauen Augen. Vielleicht lag es daran, daß sie sich anders kleidete. Ich versuchte mich zu erinnern, wie sie ausgesehen hatte, als sie bei all meinen Veranstaltungen Protestplakate schwenkte. Keine Farben, die zusammenpaßten, kein Stil, einfach nur Klamotten. In einer Nonnenkutte sah sie natürlich umwerfend aus.

»Wo hast du eigentlich diese Verkleidung her?«

»Hab' ich aus dem Obdachlosenheim für Frauen mitgehen lassen, wo ich gewohnt habe, Schwestern des Ewigen Bundes oder so ähnlich.«

Hey, sie hatte ja doch Sinn für Humor. Als ich jeden Tag all diese Bilder von ihr an meiner Wand betrachtet hatte, war mir aufgefallen, daß Laura Wolfe sich ein bißchen kleidete wie ich.

»Also, wie war das nun, die Klinik, meine ich?«

»Es ist in etwa das, was du dir drunter vorstellst. Sie banden mich fest und zeigten mir Bilder von Frauen, die so taten, als würden sie miteinander schlafen. Keine echten Frauen, keine echte Liebe, mehr so wie diese Internats-Pornos, auf die Männer so abfahren. Dann versetzten sie mir Elektroschocks. Zuerst fragte ich mich, warum meine Freundinnen nicht kamen, um mich zu retten, aber dann erinnerte ich mich an den Schmerz der Vietnamesen und wußte, daß mich die Ärzte nicht kleinkriegen würden. Ich konnte leben wie sie.«

»Also hast du die ›Frauen der Wurzeln‹ gegründet.«

»Richtig, die sich dann wegen der Kuba-Frage spalteten in die ›Wurzel-Frauen‹ und das ›Frauenkomitee für die Wurzeln‹. Seit damals hat sich viel geändert, die Gruppen versuchen, eine möglichst breite Basis aufzubauen. Du kannst eine Revolution nicht einfach herbefehlen, weißt du, sie muß langsam, schmerzhaft und präzise aufgebaut werden.«

Ich sah auf die Uhr aus Zebrafell. Es war Zeit zu gehen. Die Rechnung kam.

»Hey Laura, rate mal, wieviel im Waldorf-Astoria ein Orangensaft kostet.«

»Keine Ahnung.«

»Fünf Dollar, und er war nicht mal frisch gepreßt.«

Ich unterschrieb die Rechnung. »Das geht auf Zimmer achtundvierzig«, teilte ich der vielbeschäftigten Kassiererin mit, und schon waren wir auf dem Weg nach draußen, hinein in den Montagabend in Midtown Manhattan.

»Wo möchtest du jetzt hingehen?«

»Ich weiß nicht, Laura, laß uns einfach herumlaufen. Hast du Hunger? Vielleicht können wir uns was zu essen besorgen.«

Wir gingen bis ganz runter zum Saint-Mark's-Kino. Es gab gerade ein Faye-Dunaway-Festival. *Chinatown* und *Meine liebe Rabenmutter*.

Wie ich erwartet hatte, stand Vivian unter den pinkfarbenen Lampen der Anzeigetafel. Als sie sich sahen, wurde die ganze Stadt durch die Macht der Hoffnung in ihren Gesichtern schlagartig heller.

Ich hielt mich ein bißchen im Hintergrund und ließ sie reden und sich berühren und anschauen. Es wurde allmählich kalt. Gott, ich liebe diesen Stadtteil. Bald würde er von Sushi-Bars überschwemmt werden, aber in diesem Moment schien er so sehr ein Teil von mir zu sein. Hier würde immer etwas Interessantes passieren. Wenn ich traurig oder einsam war, mußte ich nur nach draußen gehen, dann konnte ich spüren, wie das Leben die Arme um mich schlang und mich in sich hineinkriechen ließ.

Laura stieg in Vivians Volkswagen und ließ uns beide stehen; wir sahen uns über den Gehsteig hinweg an, während Punks und Touristinnen und Ukrainer eilig zwischen uns hindurchliefen.

»Vivian, ich...«

Mir fehlten die Worte, um ihr zu sagen, was ich fühlte. Ich war überrascht über den scharfen Stich in meiner Seite; es war ein kostbarer und kurzer Augenblick. Ich wollte ihn festhalten, aber ich wußte nicht, wie.

»Sophie, du hast mich benutzt und ich dich. Das weiß ich. Es spielt keine Rolle, was unserer Meinung nach zwischen uns passiert ist. Alles ist zu verworren, um auseinanderzusortieren, was davon echt war.«

»Nein, Vivian, bitte wirf mich nicht so weg.«

»Sieh mal, es tut mir leid, dir das sagen zu müssen, aber ich tu' es trotzdem. Melonie und Henry sind mit Germaine befreundet. Sie beschützen sie schon seit langem, und sie werden jetzt nicht damit aufhören. Verstehst du? Es gibt nur eine Person, die wirklich weiß, was sich in der Bank abgespielt hat, und das ist Laura. Schau, Sophie, was ich dir zu sagen versuche, ist, daß du verarscht worden bist, okay? Ich weiß, daß du ein großes Ego hast, und es wird schwer für dich sein, es hinzunehmen, aber wir haben dich mit Informationen gefüttert, weil wir wollten, daß du uns zu Laura führtest, und du warst naiv genug, den Köder zu schlucken. Du hast geglaubt, all dies sei dir einfach in den Schoß gefallen. Nur daß ich Laura jetzt aus anderen Gründen will als die anderen und als ich selbst noch vor zwei Monaten. Wenn es dir hilft, dich besser zu fühlen – ich habe mich verändert, und zwar wegen dir, okay? Jetzt will ich einfach nur Laura von hier wegholen und sehen, was für ein Leben wir uns irgendwo anders neu aufbauen können. Tut mir leid, Sophie.«

Sie beugte sich vor, um mich zu küssen, überlegte es sich dann aber anders, lief zum Auto und stieg ein. Sie fuhren weg, die Second Avenue hinunter.

Jetzt war alles vorbei. Es war vorbei. Ich kramte nach einer Zigarette. Ich war draußen. Es war sowieso Zeit aufzuhören. Es war wirklich Zeit aufzuhören.

NEUNUNDDREISSIG

Ich blieb auf und tippte die White-Plains-Story, kurz vor Redaktionsschluß der *Feminist News*. Ich arbeitete ohne Pause durch, bis morgens um neun das Telefon klingelte. Es war June Honeymoon.

»Tja, Susan, ich wollte die erste sein, die Ihnen sagt, daß Sie unrecht hatten und ich recht.«

»Glückwunsch, June, Sie sind die erste.«

»Ja, sie haben Ihre Vorladung vors Große Geschworenengericht fallengelassen. Wie's aussieht, ist der Bezirksstaatsanwalt von Westchester in die ganze Sache verstrickt. Hat Diebesgut verschoben, et cetera. Gegen ihn wird seit Wochen ermittelt. Seine Assistentin hat die Geschichte auffliegen lassen. Eine Frau, Weinblatt oder so ähnlich, ich dachte mir, das würde Sie glücklich machen. Sie hat das Ganze in einem Artikel für das *New York Magazine* aufgedeckt, und jetzt besitzt sie die Filmrechte. Es ist sehr aufregend. Na, jedenfalls ist sein Wort nicht mal mehr *caca* wert, wenn Sie wissen, was ich meine, und die Polizei und das FBI setzen die Ermittlungen so lange aus, bis das ganze Kuddelmuddel geklärt ist. Ich habe ein paar Auslagen gehabt, ich schicke einen Boten mit der Rechnung. Vergessen Sie nicht, ihm Trinkgeld zu geben. Tschüß.«

Ich bedauerte, daß sie angerufen hatte, denn es ließ mich eine Minute still dasitzen. Es ließ mich über Vivian und Laura nachdenken; sie fehlten mir, jetzt, wo sie nichts mehr mit meinem Leben zu tun hatten. Frauen. Die Welt ist voll von diesen brillanten, schönen, verlockenden Frauen, und ich will sie doch nur lieben und gut zu ihnen sein. Aber sie sind alle so kaputt. Ich könnte mein Leben damit verbringen, zu versuchen, ihnen wieder auf die Beine zu helfen. Und was diese Eva betrifft, ich hab' nie behauptet, daß sie nicht gewitzt wäre. Jetzt, wo sie reich ist, wird sie vielleicht diese Arschgeige auf den Mond schießen. Du weißt ja nie, vielleicht können wir eines Tages wieder zusammenkommen. Sie war nett zu mir vor Vivians Haus, vielleicht mag sie mich immer noch. Vielleicht sollte ich sie anrufen. Ich sah auf die Uhr. »Oh Scheiße.« Ich mußte meinen Artikel vor zehn ins Büro rüberbringen.

Das Kollektiv nahm mein Manuskript in Empfang, um es durchzulesen und zu diskutieren, während ich zu »Maude's« gegenüber ging, um ein Glas Mineralwasser mit Limette und einen Teller Nachos zu verdrücken. Es war ein guter Artikel, einer meiner besten. Schreiben, das ist wie miteinander schlafen. Zuerst träumst du davon, und dann, eines Tages, passiert es endlich, und es ist ganz anders, als du es dir vorgestellt hast. Nach einer Weile kann es besser sein, als du je gedacht hättest, oder der absolute Krampf. Vielleicht könnte ich als Schriftstellerin wirklich groß rauskommen. Eine von denen, die in Talkshows auftreten. Ich würde nie richtig arbeiten müssen, nur immer schreiben, und würde zu 'nem Haufen Partys eingeladen werden. Ich würde andere Schriftstellerinnen und Künstlerinnen kennenlernen. Filmemacherinnen würden mich bitten, ihre Drehbücher zu schreiben. Ein Bestseller, eine Fernsehserie, ich könnte die erste lesbische Seifenoper schreiben. Es würde toll werden. Ich kam lächelnd ins Büro.

»Wir bringen den Artikel nicht«. Chris sah auf ihre Schuhe.

»Chrissie, in letzter Zeit schaust du jedesmal, wenn ich dich sehe, auf deine Schuhe. Hast du grad neue gekriegt oder was?«

»Hör mal, Sophie, mach mich nicht fertig, weil ich in diesem Laden die einzige bin, die den Mumm hat, es dir ins Gesicht zu sagen. Wir drucken ihn nicht. Es ist eine Verherrlichung von Frauen, die sich über einen Mann definieren. Sie identifizieren sich mit einer männlichen linken Ideologie und befürworten Gewalt als Strategie. Du kritisierst sie nicht mal. Sie sind antifeministisch, und außerdem ist der Artikel zu lang. Wir können ihn nicht bringen, und das ist alles, was es dazu zu sagen gibt.«

Ich drohte, ich brüllte und argumentierte und verhandelte und schmeichelte. Sie blieben hart. Ich lief nach draußen. Es war der erste Schnee in diesem Jahr. Es schneite. Es schneite auf mich herab. Alle Leute auf der Straße sahen glücklich aus; sie erinnerten sich daran, wie sie als Kinder im Schnee gespielt hatten.

Manchmal mache ich mir Sorgen darüber, was aus mir werden soll. Manchmal male ich mir ein leichtes Leben aus, aber eigentlich erwarte ich es nicht. Ich möchte einfach nur die Dinge genießen, Freundinnen und Freunde haben und dafür sorgen, daß mein Leben interessant bleibt. Wenn ich meinen Instinkten folge, wird die Welt schon hinterherkommen. Daran muß ich glauben. Es war ein kalter Tag, aber ich hatte zwei linke Handschuhe, mir war also warm. Ich zündete mir eine Zigarette an und ging los, in die Skyline hinein.

Ariadne Krimi 1001: Anthony Gilbert: Das Geheimnis der alten Jungfer
Ariadne Krimi 1002: Marion Foster: Wenn die grauen Falter fliegen
Ariadne Krimi 1003: Joy Magezis: Untergetaucht
Ariadne Krimi 1004: Anthony Gilbert: Fette Beute
Ariadne Krimi 1005: Lauren Wright Douglas: Lauernde Bestie
Ariadne Krimi 1006: Jessica Mann: Das Gewerbe der Mrs.Knox
Ariadne Krimi 1007: Katherine V. Forrest: Die Tote hinter der Nightwood Bar
Ariadne Krimi 1008: Josephine Bell: Mord im Ruhestand
Ariadne Krimi 1009: J.R. Hulland: Der Tod studiert mit
Ariadne Krimi 1010: Masako Togawa: Der Hauptschlüssel
Ariadne Krimi 1011: Sarah Dreher: Stoner McTavish
Ariadne Krimi 1012: P.M. Carlson: Vorspiel zum Mord
Ariadne Krimi 1013: Val McDermid: Die Reportage
Ariadne Krimi 1014: Kim Småge: Die weißen Handschuhe
Ariadne Krimi 1015: Katherine V. Forrest: Amateure
Ariadne Krimi 1016: Dorothy Cannell: Die dünne Frau
Ariadne Krimi 1017: Kim Engels: Zur falschen Zeit am falschen Ort
Ariadne Krimi 1018: Dolores Komo: Clio Browne, Privatdetektivin
Ariadne Krimi 1019: Barbara Wilson: Der Porno-Kongreß
Ariadne Krimi 1020: Sonja Lasserre: Gestern, heute und kein Morgen
Ariadne Krimi 1021: Val McDermid: Das Nest
Ariadne Krimi 1022: P.M. Carlson: Sicher ist nur Mord
Ariadne Krimi 1023: Sarah Dreher: Stoner 2 – Schatten
Ariadne Krimi 1024: Joan Hess: Rufmord
Ariadne Krimi 1025: Sarah Schulman: Ohne Delores
Ariadne Krimi 1026: Dorothy Cannell: Der Witwenclub
Ariadne Krimi 1027: Barbara Wilson: Ein Nachmittag mit Gaudí
Ariadne Krimi 1028: Joy Magezis: Schüttelfrost
Ariadne Krimi 1029: Katherine V. Forrest: Beverly Malibu
Ariadne Krimi 1030: Susan Kenney: Zuchtrosen
Ariadne Krimi 1031: Mary Wings: Sie kam zu spät
Ariadne Krimi 1032: P.M. Carlson: Versuch mit Mord
Ariadne Krimi 1033: Val McDermid: Der Fall
Ariadne Krimi 1034: Anthony Gilbert: Schwarze Bühne
Ariadne Krimi 1035: Marion Foster: Wenn die Macht ihr Netz auswirft
Ariadne Krimi 1036: Rosie Scott: Tage des Ruhms
Ariadne Krimi 1037: Katherine V. Forrest: Tradition
Ariadne Krimi 1038: L.A. Taylor: Das liebe Geld
Ariadne Krimi 1039: Gabriele Gelien: Eine Lesbe macht noch keinen Sommer
Ariadne Krimi 1040: Joan Hess: Die 755 Seelen von Maggody
Ariadne Krimi 1041: Lauren Wright Douglas: Sieben Leben
Ariadne Krimi 1042: Orania Papazoglou: Süß wie der wilde Tod
Ariadne Krimi 1043: Sarah Dreher: Stoner 3 - Grauer Zauber
Ariadne Krimi 1044: Susan Kenney: Tod nach Lehrplan

Ariadne Krimi 1045: Deborah Powell: Heißer Winter in Texas
Ariadne Krimi 1046: Lynne Murray: Der letzte Termin
Ariadne Krimi 1047: Mary Wings: Sie war schnell wie der Blitz
Ariadne Krimi 1048: Dagmar Scharsich: Die gefrorene Charlotte
Ariadne Krimi 1049: Barbara Wilson: Schwestern der Straße
Ariadne Krimi 1050: Marele Day: Leben und Verbrechen des Harry Lavender
Ariadne Krimi 1051: Jessica Lauren: Zweimal sterben
Ariadne Krimi 1052: P.M. Carlson: Makler und Mord
Ariadne Krimi 1053: Lauren Wright Douglas: Artemis' Töchter
Ariadne Krimi 1054: Joan Hess: Liebe Miss E.Tadt
Ariadne Krimi 1055: J.M. Redmann: Mississippi
Ariadne Krimi 1056: Kim Småge: Nachttauchen
Ariadne Krimi 1057: Barbara Wilson: Trubel in Transsylvanien
Ariadne Krimi 1058: Dorothy Cannell: Auf dem Holzweg
Ariadne Krimi 1059: Val McDermid: Der Aufsteiger
Ariadne Krimi 1060: Jessica Mann: Die Spur des Schatzes
Ariadne Krimi 1061: Claire Macquet: Auf der Suche nach Ammu
Ariadne Krimi 1062: Barbara Crossley: Kandierte Küste
Ariadne Krimi 1063: Lisa Pei: Die letzte Stunde
Ariadne Krimi 1064: P.M. Carlson: Bühne frei für Mord
Ariadne Krimi 1065: Ann Camones: Verbrechen lohnt sich doch!
Ariadne Krimi 1066: Lynne Murray: Mit anderen Mitteln
Ariadne Krimi 1067: Deborah Powell: Krumme Touren in Texas
Ariadne Krimi 1068: Marele Day: Das Rätsel der chinesischen Schachteln
Ariadne Krimi 1069: J.M. Redmann: Stirb, Jokaste!
Ariadne Krimi 1070: P.M. Carlson: Heiß genug für Mord
Ariadne Krimi 1071: Agnes Bushell: Tanz der Schatten
Ariadne Krimi 1072: Susan Kenney: Wasser hat keine Balken
Ariadne Krimi 1073: Melissa Chan: Geld heilt alle Wunden
Ariadne Krimi 1074: Joan Hess: Aufruhr in Maggody
Ariadne Krimi 1075: ReBecca Béguin: Die Hälfte des Himmels
Ariadne Krimi 1076: P.M. Carlson: Grabes Stimme
Ariadne Krimi 1077: Sarah Schulman: Sophie Horowitz

Edition Ariadne

Gabriele Gelien: Der Güldne Baum
Marge Piercy: Donna und Jill
Marge Piercy: Er, Sie und Es
Marge Piercy: Menschen im Krieg
Sarah Schulman: Einfühlung
Sarah Schulman: Futuranskys Stadt
Sarah Schulman: Leben am Rand
Rosie Scott: Raubstadt
Barbara Wilson: Äpfel und Apfelsinen
Barbara Wilson: Unbescheidene Frauen